UNE JOURNÉE AU BORD DU GRAND RAVIN

Régis Guenerie & Jérémie Dessertine

Une journée au bord du grand ravin

Roman

En application de l'art. L.137-2.-I. du code de la propriété intellectuelle, toute reproduction et/ou divulgation de parties de l'oeuvre dépassant le volume prévu par la loi estexpressément interdite.
© Régis Guenerie et Jérémie Dessertine, 2025.
Publié par Les Éditions Cadavres Parfumés
Tous droits réservés.
Relecture : Jocelyne Marguin
Correction : Jocelyne Marguin
Édition : BoD · Books on Demand, 31 avenue Saint-Rémy, 57600 Forbach, bod@bod.fr
Impression : Libri Plureos GmbH, Friedensallee 273, 22763 Hamburg (Allemagne)
ISBN : 978-2-3225-5930-5
Dépôt légal : Janvier 2025

Un grand merci à nos deux premiers lecteurs Christine Haïda et Augustin Favreau...

Ainsi qu'à Jocelyne Marguin pour ses précieux conseils et le temps qu'elle nous a accordé pour relire et corriger notre manuscrit...

« *Que d'océans de lumière tremblent inaperçus de par le monde* ».

Henri Michaux
"l'infini turbulent" , 1957.

« *Nous sommes tous des visiteurs de ce temps, de ce lieu; nous ne faisons que les traverser. Notre but ici est d'observer, d'apprendre, de grandir, d'aimer... après quoi, nous rentrons à la maison* ».

Proverbe aborigène

Régis Guenerie & Jérémie Dessertine

Mardi 18 septembre 2001

7:35

```
Chambre 27, bâtiment C.
Foyer d'Accueil Médicalisé Phillipe Pinel,
Villefranche-sur-Saône, France.
```

(Bruit de porte qui s'ouvre)

« Bonjour, Monsieur Awaleh, c'est l'heure. Voici votre médicament. »

Réveillé en sursaut par la voix rauque de l'infirmier, je me redressai de mon lit avec une violente migraine. Prenant péniblement appui sur ma canne, je me mis ensuite à marcher lentement vers la fenêtre...

Là, debout face à cette lucarne grillagée, j'étais à nouveau sous l'emprise de ce vieux démon qui me grignotait sournoisement le cœur. Chez nous, on avait coutume d'appeler ça un *djinn*[1].

Entrevoyant, en contrebas, le flux incessant des citadins qui s'entremêlait aux vols des oiseaux et

---

[1] Un démon en langue arabe.

Une journée au bord du grand ravin

aux fumées macabres d'une gigantesque usine, je luttais contre un torrent d'images confuses et tourmentées qui agissaient sur moi à la manière d'un faisceau paralysant : « Qu'est-ce que je faisais ici ? Et ce visage que je voyais dans le reflet de la vitre ? cette tête rasée et cette énorme cicatrice ? cette peau semblable à de la terre séchée ? Étais-je encore vraiment moi-même ? L'image de ce vieillard, un quart mendiant et trois quarts fantôme me terrorisait ! Je ne me reconnaissais plus... Et où étaient ma femme ? mon fils Hakim ? ma grand-mère ? mon pays ? Avaient-ils d'ailleurs un jour vraiment existé ? » L'esprit égaré dans les méandres d'un labyrinthe sans fin, je m'assis sur une chaise et fermai les yeux un instant...

Au-dehors, j'entendais le chant des oiseaux qui venait ingénument s'immiscer dans mon esprit encore groggy. Rouvrant lentement les paupières, je vis en face de moi, comme si c'était la première fois, cette fenêtre standard en PVC blanc, entrouverte sur les touches pastel d'un joli ciel mauve tirant vers le cyan.

Me relevant et me rapprochant à nouveau de la fenêtre pour profiter du paysage, je sentis la brise fraîche et légère du matin caresser mon visage. La fumée noire de l'usine avait à présent laissé place à de magnifiques nuages aux subtiles teintes de corail. Je m'attardai ensuite sur le mur qui entourait la fenêtre. Sa surface, difficilement définissable, tantôt grisâtre ou beige par endroits, présentait de nombreuses aspérités semblables à des cicatrices. On pouvait également y voir les dessins sinueux d'âmes damnées, des initiales et graffitis plus ou moins effacés par le temps. Parmi ceux-là, il y en avait un qui attira particulièrement mon attention : la tête d'une affreuse créature grimaçante, semblable à un démon sumérien, griffonnée au stylo rouge, presque gravée. Elle semblait me transpercer du regard...

Brusquement, assailli par d'incontrôlables spasmes, je tombai à terre, entraînant dans ma chute une petite table de chevet en métal. Convulsant sur le sol, les yeux recouverts par un épais voile noir, je vis tout à coup la créature du mur surgir du néant dans une déflagration qui me plongea instantanément dans un état cataleptique. Tout cela était anormal et me donnait la sensation désagréable que mon corps ne m'appartenait plus...

Une journée au bord du grand ravin

Mardi 18 septembre 2001
7:49

— Alignez-vous ! Alignez-vouuuus, viiiiite !!! contre le mur ! Yallah ! Yallah !! Yallaaaaaah !!! *Ratata ! Ratatata ! Ratatatataaaa !!*

— Non !! Hakim ! Hasda ! Noooooooo !!!

Gisant sur le sol froid de ma chambre, dégoulinant de sueur avec tout le côté droit de mon corps endolori, je repris lentement le contrôle de mes membres. Tentant alors difficilement de me relever, je vis tout à coup entrer dans la pièce un des infirmiers qui avait certainement entendu le fracas causé par la chute.

— Monsieur Awaleh, vous allez bien ?! Que s'est-il passé ?! lança-t-il tout en m'aidant à me remettre debout.

— Oui ! oui ! ça va ! rien ! rien du tout ! Lâchez-moi ! Lâchez-moi ! lui répondis-je à la fois énervé et encore secoué par cette crise pour laquelle je me disais en moi-même que je n'en avais jamais encore connu d'aussi violente.

— Je veux parler à Nadine... Il faut que je... où est-elle ?!

— Monsieur Awaleh, calmez-vous... Nadine n'est pas là, elle est partie faire ses visites dans le bâtiment D, elle revient comme tous les mardis à midi pour vous apporter votre repas.

— D'accord, d'accord...

— Est-ce que vous avez bien pris votre traitement ce matin ?

— *Brrrr !* Oui ! oui ! bien sûr que oui ! je ne suis pas un enfant ! lui lançai-je en bafouillant tout en attrapant ma canne d'un geste agacé.

La matinée fut longue ce jour-là. Je passai des heures entières assis sur mon lit à me remémorer mon passé, le regard voyageant entre le ciel limpide d'un magnifique bleu azur que j'entrevoyais à travers la fenêtre et la photographie de ma femme que je tenais comme un enfant tiendrait un oisillon,

Une journée au bord du grand ravin

délicatement blotti dans le creux de mes mains...

Sur cette photographie Polaroid dépigmentée, datée au dos du 9 juin 1970, on pouvait apercevoir mon épouse Hasda, vêtue d'une tunique à fleurs bleues, posant devant le palais présidentiel de Khartoum, à côté de la monumentale statue en bronze du général Gordon[2] chevauchant sa monture. Je me rappelle bien ce jour-là, car nous avions fait près de onze heures de route en autocar depuis le village du père de Hasda au nord du Soudan, dans une chaleur infernale et sous de violentes tempêtes de sable. Nous étions partis à la capitale très tôt le matin pour récupérer des documents d'état civil et faire les derniers achats pour la préparation de notre mariage. C'était une semaine avant la cérémonie traditionnelle et... trois... trois ans avant... avant la fusillade.

Au Soudan, comme d'ailleurs chez moi à Djibouti, on se mariait d'amour, mais surtout de raison. Farouche et déterminé, comme l'avaient été mes ancêtres ainsi que les ancêtres de mes ancêtres, j'étais également, en ce temps-là, un peu espiègle et

---

[2] Charles George Gordon (1833-1885) était un général britannique surnommé successivement Chinese Gordon (Gordon le Chinois), Gordon Pasha, et Gordon of Khartoum.

non dénué d'une certaine maladresse. J'attirais la sympathie, sans savoir trop pourquoi et sans n'avoir jamais rien demandé. Ainsi, il était naturel qu'un soir de janvier 1969, je rencontre la fraîche et rayonnante Hasda lors d'un bal d'étudiants organisé par mon école d'art. Je venais d'avoir vingt-deux ans et j'arrivais tout juste de Tadjourah (petite ville côtière de Djibouti) pour faire mes études dans la capitale soudanaise.

À la différence des membres de ma famille et de la plupart de mes amis qui étaient partis étudier en France ou au Canada, j'avais (par conviction sans doute) décidé de rester sur le continent africain en m'inscrivant dans le prestigieux « College of Fine and Applied Arts of Khartoum » dont l'un des professeurs était, excusez-moi du peu, le grand peintre et calligraphe Osman Waqialla (celui qui impulsa par la suite la création du mouvement dit de « L'École de Khartoum » *Madrasat al-Karthoum*, un des mouvements précurseurs de l'art africain moderne).

Hasda Saïda Istag, était la fille aînée du très respecté Cheikh Ibrahim Istag, qu'on surnommait

Une journée au bord du grand ravin

au village « Captain George Ibrahim » en raison de ses années passées dans la marine britannique. Dès le premier échange, je sus tout de suite que c'était elle ! Difficile de l'expliquer... sa façon à la fois dynamique et spontanée de danser parmi les autres jeunes gens me plut immédiatement ! Comme j'étais, à ce moment-là, de nature un peu timide, c'est elle qui, avec un sourire radieux, s'adressa à moi la première:

— Yallah ! Yallah, monsieur de Jabuuti ! Viens danser avec moi ! Je te vois me manger avec les yeux depuis le début du bal ! Yallah ! Yallah dhallinyaro ! Yallah ! *Ah ! Ah ! Ah !*

Ce timbre de voix perçant, musical... elle ne parlait pas, elle chantait ! À cet instant-là, gravés à jamais dans le tréfonds de ma mémoire, son visage rond et tendre, son sourire, ses yeux rêveurs, ses hanches... Tout chez elle me ramenait à ma propre sérénité. Je me mis alors à serrer la photo en gémissant de désespoir. La danse était terminée ! terminée !! Ne restaient plus que les petits bouts diffus de fragments du passé, tels des débris de miroir sur un sol calciné... Aux souvenirs joyeux et à l'insouciance de cette période, vinrent alors brusquement s'immiscer dans mon esprit la peur, les années de guerre et de famine, le douloureux exil loin des miens et... ce coup de fil de ma grand-mère... ce coup de fil de Yanâa qui me disait que... qui m'annonçait... je serais encore plus fort la photo, plus fort encore... trop fort! L'oisillon avait suffoqué.

En novembre 1970, quelques mois seulement après notre mariage et la naissance de notre fils Hakim, le Soudan, qui s'était enlisé dans pas loin de vingt années de guerre civile, n'avait toujours pas trouvé de solution à son impasse politique, et ce, malgré des pourparlers entre le nord du Soudan et le Sud-Soudan qui réclamait plus que jamais son indépendance. Cette période de grande instabilité avait permis à de nombreux groupes de mercenaires, issus du nord comme du sud du pays, de faire régner la terreur dans plusieurs régions, particulièrement dans les villages et tribus frontaliers, mais pas (ou du moins, pas encore à ce moment-là) dans le village de ma femme, cette petite oasis hors du temps, située à l'ouest du Bayouda, près de ce que

Une journée au bord du grand ravin

les gens de la région appelaient le *Wabi Abu Dom,* « Le Grand Ravin ».

Comme l'école d'art avait fermé depuis déjà cinq mois et que le versement de toutes les bourses étudiantes avait dû être suspendu, je n'eus d'autre choix que d'accepter un petit job de maraîcher à Karthoum qui me permettait tout juste de nourrir ma famille. De temps à autre aussi, quand je remontais au village, le père de Hasda me faisait travailler avec lui à Méroé, sur les chantiers du site archéologique de l'antique royaume de Koush. C'était un dur boulot où je passais mon temps à déplacer de gros blocs de pierres et à creuser des trous en plein soleil. Mais j'étais très reconnaissant, et d'ailleurs, j'aimais bien travailler avec le vieux Ibrahim, car c'était un homme bon et sage, même si, parfois, j'avais un peu de mal à comprendre son langage, un mélange d'arabe et de dialecte nubien très ancien.

C'est aussi durant cette période que je me mis à m'intéresser de plus près à l'histoire de l'Égypte ancienne, avec notamment les écrits du remarquable érudit sénégalais Cheikh Anta Diop, fierté de toute une génération de jeunes Africains désireuse de se réapproprier sa propre histoire.

Fin mai 1972, alors que Hasda venait tout juste d'apprendre qu'elle était enceinte de notre deuxième enfant (elle était convaincue que cette fois-ci ça serait une fille), je dus prendre la douloureuse, mais inévitable décision de partir... Partir en France chez mon cousin Ahmed ou peut-être chez ma petite sœur Salya, bien que l'idée d'aménager chez elle ne me réjouissait guère. En effet, depuis le décès de nos parents et son départ pour Paris quelques années après, Salya et moi avions perdu notre complicité de toujours et nos derniers échanges téléphoniques avaient été particulièrement tendus. Je pense qu'elle me tient toujours pour responsable de l'incendie...

Je décidai donc de tenter ma chance chez mon cousin, qui m'avait d'ailleurs déjà proposé, à de nombreuses reprises, de venir travailler avec lui dans le sud de la France, me promettant, là-bas, une bonne place ainsi que de nombreux privilèges. Selon ses dires, la vie dans cette région était plaisante, les habitants aimables et hospitaliers, et le climat bien souvent semblable à celui de notre Djibouti natal...

Une journée au bord du grand ravin

Ahmed Moktar Djîlani, fils aîné de ma tante Nabila, vivait à Martigues, dans le sud de la France et était marié à une Française prénommée Marianne, une personne fort sympathique avec qui j'avais déjà eu l'occasion de discuter au téléphone. Ahmed tenait un discours très élogieux sur le pays des *cadaan* (pays des blancs), mais aussi non dénué d'un certain orgueil sur sa nouvelle vie. Il travaillait depuis près de six années à la raffinerie de Fos-sur-Mer, une usine pétrochimique située à une vingtaine de minutes en voiture de son domicile.

Ayant appris, entre-temps, le décès de mon grand-père Abdalah, je décidai de prendre le bus pour Tadjourah, un long trajet de près de 1 600 km, afin d'assister à ses obsèques. Sur place, en voyant ma grand-mère Yanaâ, âgée de 87 ans, affaiblie et grandement éprouvée par la perte de son mari, je résolus de l'emmener avec moi au Soudan, dans le village de ma femme, afin qu'elles puissent se soutenir mutuellement. Chez nous, cela va de soi !

J'aimais profondément Yanaâ car c'est elle qui, avec mon grand-père Abdalah, avait pris soin de ma sœur Salya et de moi lorsque nous n'étions encore que des enfants, après la mort tragique de nos parents, Dini et Asma Awaleh, dans le terrible incendie de notre maison. C'est aussi grâce à elle, et au prix de nombreux sacrifices qu'elle a consentis, que ma sœur et moi avions pu poursuivre nos études bien plus loin que ce que les circonstances auraient pu laisser espérer.

Avant de quitter Tadjourah pour le Soudan, je profitai également de mon séjour pour me rendre à Djibouti afin de mettre à jour quelques documents administratifs en vue de mon départ pour la France. Étant ressortissant d'un territoire sous administration française[3], je n'avais pas besoin de visa et bénéficiais, en théorie, des mêmes droits que n'importe quel citoyen français.

Comme beaucoup d'habitants du continent africain, j'éprouvais un mélange de fascination et de répulsion à l'égard du monde occidental : les deux faces d'un même miroir, séduisant et effrayant à la fois. Pourtant, malgré toutes mes appréhensions, ma décision était prise. Je devais partir, et il n'était plus question de revenir en arrière !

---
[3] Avant l'indépendance de Djibouti, le territoire était connu sous le nom de "Territoire français des Afars et des Issas" (jusqu'en 1977).

Une journée au bord du grand ravin

Je partirais, non pas pour moi, mais pour ma famille, pour leur permettre enfin de vivre dignement. J'irais en France, inch'Allah, pour leur offrir une vie meilleure, là-bas, de l'autre côté de la Méditerranée...

C'est ainsi que, le matin du 23 juillet 1972, sous un soleil de plomb habituel, je dis au revoir à ma femme, à mon fils et à ma grand-mère, qui m'avaient tous trois accompagné jusqu'à cet impressionnant aéroport situé en plein centre-ville de Khartoum. Leurs regards chargés d'émotion restaient fixés sur moi alors que je m'éloignais, un poids invisible alourdissant mes pas. Puis, je m'embarquai à bord du vol UF-965 de la compagnie SUDAN AIRLINES à destination de l'aéroport de Marseille-Marignane.

Au moment du décollage, n'ayant encore jamais voyagé par les airs, je fus immédiatement envahi par un grand vertige et ma respiration commença à s'accélérer. Assailli par la peur, un grand nombre de questions me traversa alors l'esprit: une machine aussi complexe, ne pouvait-elle pas s'écraser sur n'importe quel point compris entre Khartoum et

Marseille ?! en une fraction de seconde ?! à cause de n'importe quel souci technique ?! Mon gilet de sauvetage et mon masque à oxygène étaient-ils opérationnels ? Les pilotes étaient-ils assez expéri... En pleine poussée des moteurs, je bloquai quelques instants ma respiration, et tout en m'agrippant de toutes mes forces aux accoudoirs, je me mis à réciter quelques sourates[4].

Sentant l'avion prendre de plus en plus d'altitude, je fus alors submergé par tout un tas d'émotions confuses. Même si je savais, en mon for intérieur, que je quittais le Soudan pour le bien-être de ma famille, je ne pouvais m'empêcher en même temps d'éprouver une grande culpabilité à l'idée de les avoir laissés là-bas, dans ce petit village en plein désert, à la frontière d'une région instable, en proie aux pillages et aux conflits armés. Mais le sort en était jeté : *dhiiggu!* (c'est le destin !).

Je me dirigeais vers le pays de Marianne, un territoire encore inconnu pour moi, dont les seules références que j'avais étaient pour le moins contradictoires : d'un côté, la riche et somptueuse

---

[4] Chapitre du Coran souvent récité lors de prières dans la religion musulmane.

Une journée au bord du grand ravin

culture artistique française, de l'autre, les soldats de l'armée coloniale installés à Djibouti. Ces militaires aux uniformes bariolés et aux airs supérieurs qui pouvaient à l'occasion se montrer brutaux envers nous, nous qu'ils prenaient un malin plaisir à appeler les « macaques » ou encore les « négros ».

Au début du vol, je n'osais d'abord pas regarder par le hublot le monde en miniature qui défilait en bas, en dessous des petits moutons de nuages, et puis enfin, me sentant plus détendu, je me risquai à jeter un coup d'œil furtif... la vision me plut. Inspiré par le paysage, j'allumai une cigarette et sortis de mon sac un petit carnet avec quelques crayons et commençai à dessiner sur la petite table rétractable.

Au bout de quelque temps, fatigué par le spectacle et bercé par les vibrations régulières de l'avion, j'arrêtai mes croquis, je rangeai mes affaires, et cherchant une position confortable sur mon siège, je finis par m'endormir, franchissant aussitôt la porte des songes...

Dans mon rêve, j'étais en apesanteur tel un cosmonaute et voguais dans la stratosphère. Au-dessous de moi, la Terre était visible et l'on pouvait deviner sa forme sphérique, entourée d'un halo de lumière bleu profond, parsemée de reflets argentés. Sur sa surface j'apercevais des formes géométriques qui se découpaient progressivement dans un étrange et somptueux ballet. Puis, en descendant, tel un robot téléguidé, et sans que je puisse agir sur ce mouvement lent et incontrôlable, les formes se précisèrent encore davantage pour se révéler être *in fine* des volumes saillants titanesques, des gratte-ciels, une ville...

C'est alors que, sous l'effet d'une violente secousse, ma descente s'accéléra et j'atterris sur le sommet d'un de ces gigantesques bâtiments. Sur le toit de cet immeuble, dont la hauteur venait crever les nuages, je fus tout d'abord entouré par un épais brouillard. Celui-ci se dissipa ensuite de façon très inhabituelle, laissant place à un décor absurde et chaotique : une sorte de plateau télé surréaliste, fait de rideaux rouges déchirés flottant autour de colonnes dorées bancales...

À peine avais-je eu le temps de saisir l'étrangeté de ce paysage qu'une vision terrifiante s'imposa à moi : m'encerclant soudainement tel un bataillon

Une journée au bord du grand ravin

des enfers, je vis apparaître, surgissant de derrière les rideaux, une bande d'individus menaçants, avec des têtes identiques, dépourvus de chevelures, des vêtements d'un blanc immaculé, une peau sans aspérité et le plus inquiétant encore, des yeux blancs et opaques, sans pupilles. Ils étaient dix, vingt, cent, mille peut-être ? Je ne saurais le dire. Ils avançaient vers moi avec la même constance, mus par des mouvements synchronisés à la seconde près, et lorsqu'ils se mirent à parler, c'est en même temps et d'une seule et unique voix :

« Ayoub, c'est ton destin et notre destin à tous, tu n'y échapperas pas ! ».

En prononçant ces mots, ils continuaient de s'approcher vers moi, tandis que je me tenais au bord du vide, sur le rebord du toit de l'immeuble. Tentant d'échapper à ces fantassins de malheur, j'envoyais mes bras au hasard pour essayer de les repousser, un peu comme pour se débarrasser d'une toile d'araignée...

Voyant alors ces humanoïdes, livides et inexpressifs, se rapprocher toujours davantage, je sentis le piège se refermer sur moi. Ne sachant plus quoi faire, pris de panique, le cœur battant comme un tambour électrique, je me laissai volontairement tomber dans le vide, tourbillonnant dans les airs en chute libre, tel un dé lancé au hasard sur le sol. À cet instant, j'aurais voulu crier de toutes mes forces, mais c'était impossible ; j'étais prisonnier de ce rêve !

Le vent sifflait à présent dans mes oreilles, et devant mes yeux mis-clos, le ciel, semblable à une tapisserie de soie fine, se mit brusquement à s'alterner avec la terre dans un défilement subtil, un glissement rapide et circulaire. Soudain, j'eus l'horrible sensation de m'écraser sur le sol...

Je me réveillai en sursaut, tout le corps en sueur. L'avion venait d'atterrir sur le tarmac de l'aéroport de Marignane...

Après avoir passé les différents portiques, encore quelque peu abasourdi par ce cauchemar terrifiant, je fus accueilli fort chaleureusement dans le hall de l'aéroport par mon cousin Ahmed. Nous nous saluâmes en suivant les codes propres à notre culture. Ahmed (qui m'avait toujours affectueusement appelé Yayou) et moi, nous ne nous étions pas vus

Une journée au bord du grand ravin

depuis son départ de Djibouti pour la France il y a de cela sept ans et j'étais vraiment très heureux de le revoir. Ces retrouvailles nous avaient plongés tous deux dans un état d'esprit propice à l'humour et aux confidences. Ainsi, au moment de rentrer dans sa Simca 1000 bleue flambant neuve, et durant une partie du voyage, nous nous remémorâmes notre enfance à Djibouti : nos parties de pêche dans le port de Tadjourah, nos matchs de foot endiablés sur la plage ou encore nos péripéties avec Mahmoud, le vieux marchand de pains aveugle...

— Sigaar ?

— Non merci, ça va.

— Yayou tu te rappelles le vieux Mahmoud quand on lui volait ses lahoh[5] et qu'il nous chassait avec sa canne ?! *Kof ! Kof ! Ah ! Ah ! Ah ! Kof ! Kof !* lança Ahmed en riant aux éclats après avoir tiré une grande bouffée sur sa *gitane*.

— Oui ! *Wha Ah Ah Ah !!!* Et quand il criait : « Ilmo cayayaaan ! sales chiens ! Assassins ! Assassins ! Piti bandits! Apilez la police ! Apilez la poliiiiice ! Tu t'en rappelles ?! *Ah ! Ah ! Ah !* » lui

---
[5] Pain traditionnel d'Afrique de l'Est, particulièrement populaire en Somalie, en Éthiopie, à Djibouti, ainsi qu'au Soudan.

répliquai-je tout en imitant le vieil homme.

Puis au milieu de ces discussions anodines, Ahmed prit tout à coup un ton plus sérieux et martial tandis qu'il se raidissait dans son costard mal ajusté :

— Tu sais Yayou, tu es le bienvenu à la maison, je te le redis ! Il faut pas que tu te sentes gêné avec nous. Marianne et moi sommes d'accord pour t'accueillir quelques mois, le temps que ta situation se stabilise, Inch'Allah ! Par contre, il faudrait que d'ici quelque temps et avec quelques sous de côté, tu te débrouilles seul... je peux pas faire mieux pour toi, tu comprends ?

Je ne répondis pas. Je contemplais les pins et les collines de garrigue défiler sous mes yeux. Ces paysages étaient nouveaux pour moi et j'en appréciais chaque détail, toute l'harmonie des formes et des couleurs... Et tandis qu'Ahmed était concentré, les yeux rivés sur la route, les fenêtres de la voiture entrouvertes laissèrent entendre, entre deux bourrasques de vent, le rythme percussif des cigales qui, par certains côtés, me rappelait la nature sèche de la côte djiboutienne. Puis, le chant des

Une journée au bord du grand ravin

cigales s'éloigna *decrescendo* tandis que nous traversions, à vive allure, le long et imposant pont transbordeur qui déployait une route vertigineuse vers la ville de Martigues. Comme il n'y avait pas trop de circulation, Ahmed, qui roulait le sourire en coin et le bras accoudé à sa portière, se mit à ralentir afin que je puisse mieux profiter de la vue. Me couvrant les yeux d'une main pour me protéger des rayons du soleil, je balayai du regard tout cet environnement inédit. Au loin, à quelques centaines de mètres en contrebas, de l'autre côté du canal, on pouvait enfin apercevoir Martigues et ses habitants lilliputiens flânant sur les trottoirs et les quais. Plus loin encore, aux abords de l'eau, on pouvait apercevoir d'autres figurines miniatures, comme engourdies dans l'attente, avec leurs longues cannes à pêche posées à l'oblique...

> *Ce village baigné de lumière, cerné d'eau,*
> *Ces parfums de garrigue mêlés aux embruns,*
> *Ces arias de rossignols, de mouettes, de cigales...*
> *Ce panorama à la palette festive et chaleureuse !*

Tout cela me rappelait les peintures de Cézanne et

des impressionnistes que j'avais étudiées à l'école d'art, et que j'avais tant aimées. Ce fut, pour moi, une grande source d'émerveillement et d'excitation et j'y voyais là, à vrai dire, une immense oasis de promesses...

L'instant d'après, mon cousin débuta un long monologue élogieux sur la société française, son romantisme, sa liberté de mœurs... Je fis alors semblant de l'écouter en hochant la tête, tout en détournant le regard de l'autre côté de la route.

Il y avait là, juste en dessous du pont, deux magnifiques barques de pêcheurs en bois peint qui se croisaient sereinement le long du canal. Plus à l'ouest, entre les masses sombres de quelques collines, je vis aussi une usine qui donnait l'impression de flotter sur la ligne d'horizon. C'était un peu comme un gigantesque empilement de boîtes de conserve qui semblaient vouloir défier le scintillement marin de la mer, dont l'embouchure n'était qu'à quelques centaines de mètres du pylône latéral du pont. Fermant les yeux quelques instants, je m'imaginai alors debout, juste en face du site...

Dans ma vision, l'édifice prenait la forme d'un dédale de poutres métalliques et de câbles en acier

Une journée au bord du grand ravin

en perpétuel mouvement. Par moments, il semblait disparaître, dissimulé parmi les volutes changeantes d'une brume rougeâtre, transpercée par les rayons lumineux de puissantes balises de signalisation. Au sommet, une rangée de cheminées fuselées crachaient sans relâche des flammes rougeoyantes, des jets de lave en fusion, et d'épais panaches de fumée grisâtre qui venaient souiller le bleu azur du ciel . Ces images étaient accompagnées par un fond sonore bourdonnant, interrompu par moment par de violents craquements osseux... *Crack ! Craack ! Craaaack !!* Ces visions provoquèrent en moi un profond malaise et me plongèrent dans une sorte d'état second, un état que j'avais du mal à définir... j'avais l'impression que... c'est un peu comme si je... comme si les flammes de l'usine me... comme si je me...

— Yayou, *hey oh !* Maayko kee ?! Qu'est-ce qui se passe ?!!! me demanda Ahmed en voyant mon visage se décomposer d'un seul coup.

— *CRAAAAAAAACK !!!* Je rouvris les yeux brusquement tout en renvoyant un sourire crispé à mon cousin.

Enfin, nous arrivâmes au pied de l'immeuble où

vivaient Ahmed et sa petite famille.

Le bâtiment, au charme moderne mais sans fioriture des logements H.L.M, était entouré de verdure, de pins, créant ainsi un espace ombragé et agréable. Au centre de la cité Croix-Sainte, sur la route de Port-de-Bouc, à une cinquantaine de mètres en contrebas, se trouvait le long et sinueux canal de Caronte... Ahmed me dit avec bonne humeur qu'il habitait au troisième étage et que j'y serai bien.

Alors que nous marchions sur le parking de la cité et que j'observais le paysage alentour, je fus interpellé par deux vieilles dames à l'air apathique qui étaient assises sur un banc à quelques mètres de nous, aux abords d'un carré de gazon tondu de près. La plus jeune, qui avait de temps en temps comme des soubresauts nerveux, était en train de tricoter une écharpe... une longue écharpe tricolore bleu, blanc, rouge. Toutes deux se délectaient de ce qu'elles voyaient en face d'elles, c'est-à-dire plus ou moins dans notre direction. Puis, elles précisèrent peu après leur cible en nous fixant sans complexe et à l'unisson, avec un air de défiance mêlé de haine. L'autre femme, plus vieille et courroucée, et qui avait le bras droit plâtré, sembla à

Une journée au bord du grand ravin

un moment glisser un mot complice à l'oreille de sa collègue. Celle-ci se mit alors soudainement à crier à plusieurs reprises, comme si elle s'adressait aux murs: « C'est... c'est... c'est la guerre ! La gueerrre !! ». À ce moment, j'eus même la désagréable sensation que ses yeux, des yeux mesquins à la couleur menthe glaciale, s'étaient braqués sur moi tels des couteaux aiguisés. Je détournais alors les yeux, ne sachant trop s'il fallait saluer ou défier leurs regards.

Je me souviens aussi qu'au même moment résonnaient au loin les accords de guitare d'un air de flamenco rythmé et très élaboré qui, dans ce nouveau décor, me donnaient l'impression de provenir d'un autre espace-temps. Depuis le hall de l'immeuble, mon cousin Ahmed, qui commençait à s'impatienter, me fit signe de le rejoindre.

L'instant d'après, une fois arrivé en haut des escaliers, il ouvrit la porte de son appartement et m'invita à entrer. C'était un logement agréable, frais et très vaste. Ma chambre avait été aménagée dans un coin du salon où se trouvait un fier et imposant téléviseur. Il me suffisait de déplier le canapé pour disposer d'un lit confortable. L'installation dans ce lieu, où tout était alors nouveau, fut à mon grand étonnement aisée.

La journée du lendemain, je me reposais tout en me familiarisant avec mon nouvel environnement. Mon cousin travaillait énormément et n'était pas forcément disponible pour me guider dans cette vie qui m'était encore étrangère. Marianne, quant à elle, travaillait tout autant, si ce n'est plus, et partait souvent en déplacement dans le cadre de son métier de juriste. C'est d'ailleurs bien souvent Ahmed qui s'occupait de leur fille Jasmine, une petite fille de sept ans, toute mignonne et très éveillée, mais aussi très capricieuse.

Je passais alors mes toutes premières journées à flâner dans les rues de Martigues. Les gens que je croisais étaient d'apparences assez diverses. Je pus même constater que j'étais loin d'être le seul ressortissant africain. Dans mes balades je rencontrais en effet beaucoup de personnes dont la physionomie me rappelait celle de ma région. J'en fus au tout début un peu déconcerté, mais cela me rassura par

Une journée au bord du grand ravin

la suite. Parfois, il m'arrivait aussi de ressentir de l'hostilité dans le regard de certains locaux. Cette même hostilité, mêlée d'une sorte de curiosité malsaine que j'avais déjà eu l'occasion d'expérimenter à Djibouti. Par moments, les pensées de ces quelques individus semblaient même s'exprimer à haute voix: « Qu'est-ce qu'un jeune immigré désœuvré peut-il bien faire d'autre ici à part fomenter quelques larcins ? Ou encore : « Et voilà ! Encore un étranger de plus pour voler le travail des honnêtes Français ! ». D'autres fois, heureusement, c'était des sourires affables et chaleureux que je croisais.

Au fur et à mesure des journées, la magie première de ce nouveau cadre laissa place à un ennui et à un lent abattement qui allait chaque jour en grandissant. L'ennui de celui qui n'est jamais là au bon moment et... au bon endroit ! Les jours, puis les semaines s'écoulèrent ainsi, lentement et péniblement...

Puis un matin, bien décidé à rompre avec cette monotonie, mais aussi motivé par la perspective de trouver un emploi, je pris les devants et franchis la porte d'une agence d'emploi.

Cet office se situait dans un vieux bâtiment du centre de Martigues, niché tout au bout d'une rue exiguë et sombre. Au-dessus de l'entrée, une enseigne rouge vif sur fond jaune criard d'environ trois mètres de long, exhibait fièrement :

« *AGENCE DE LA NOUVELLE FRANCE* »

Franchissant la porte, j'avançai, quelque peu nerveux, vers la secrétaire qui était coincée au fond d'un bureau en formica, et décidai d'adopter une approche légèrement théâtrale :

— *Euh...* Bonjour, madame ! Voilà... je... je m'appelle Ayoub... Ayoub Awaleh et, *euh...* je passais par là par hasard et voyant votre agence, je me suis dit : Ayoub ça tombe très bien puisque tu cherches du travail ! Quelle coïncidence et quelle chance !

La secrétaire, tout en continuant à taper sur sa machine à écrire, leva brièvement les yeux vers moi et me répondit alors d'une voix aigrelette et comme pour se donner de la contenance:

— Nous embauchons tout le monde *chting !* mais il n'y a pas de travail en ce moment *chting !* déso-

Une journée au bord du grand ravin

lée, *chting !* Revenez demain *chting ! chting !* Et chaque jour, la réponse était systématiquement la même : « *Chting ! chting ! Chtiiiing !!* ».

Puis, un matin, alors que je prenais mon café avec mon cousin avant qu'il ne parte travailler, il s'adressa à moi, avec un sourire radieux pour m'annoncer une excellente nouvelle :

— Yayou, j'ai parlé avec le patron de la raffinerie Monsieur Ramirez. Il est d'accord pour te prendre à l'essai comme ouvrier d'exécution. Tu seras probablement sous la supervision de Nowalski, un chef opérateur très compétent et proche de la retraite. Il t'apprendra les bases du métier, et si tout se passe bien, ils te proposeront par la suite un contrat en tant qu'opérateur, ou quelque chose d'autre, c'est pas le travail qui manque ! Concernant ton autorisation de travail, Monsieur Ramirez a des contacts bien placés à la préfecture. Il va s'en occuper et me recontactera dès que tout sera réglé. D'ici une semaine ou deux, tu devrais passer un entretien d'embauche, mais rassure-toi, connaissant Monsieur Ramirez, ce ne sera qu'une formalité.

À cet instant, l'image de ma femme et de mon fils – que j'avais d'ailleurs eus la veille au téléphone alors qu'ils étaient en déplacement à Khartoum – revint à mon esprit, ainsi que la promesse faite à Hasda de revenir pour la naissance de notre fille...

À l'annonce de cette nouvelle inespérée, et dans un élan d'émotion, j'étreignis chaleureusement mon cousin pour le remercier.

En effet, ces quelques semaines d'errance et d'espoirs déçus avaient sérieusement ébranlé mon moral, m'entraînant peu à peu vers ce qui ressemblait de plus en plus à la dépression. Ces derniers jours, j'avais perdu le sommeil et l'appétit, et mes rêves de réussite s'étaient progressivement transformés en doutes et en angoisses.

Me sentant désormais rassuré, j'étais cependant loin d'imaginer l'enchaînement inexorable des événements qui allait suivre...

Deux semaines plus tard, c'était un lundi soir si je me souviens bien, Ahmed m'annonça qu'il avait obtenu un rendez-vous pour moi avec le directeur de l'usine, et que je pourrais certainement commen-

Une journée au bord du grand ravin

cer à travailler au début de la semaine suivante.

Le matin du 18 septembre 1972, mon cousin m'accompagna tôt sur le site. Alors que nous roulions en direction de l'usine, je réalisai, stupéfait, que nous nous rapprochions de ce décor en trompe-l'œil que j'avais observé le jour de mon arrivé à Martigues...

Une fois à l'intérieur du complexe, Ahmed me fit entrer dans le bureau du directeur, puis s'éclipsa pour rejoindre son poste. Monsieur Ramirez, qui était au téléphone, me fit signe de m'asseoir en attendant qu'il termine, ce qui me laissa un peu de temps pour observer les lieux : il y avait là, scotchés derrière son bureau, sur un grand mur en contreplaqué, des photos de femmes dénudées aux formes généreuses, un autocollant marqué "FO la force syndicale", un poster géant en noir et blanc de Johnny Halliday en sueur, avec l'inscription « Olympia 1968», et une petite reproduction légèrement jaunie par le temps d'un tableau de Salvador Dali que je connaissais très bien : « Le rêve de Vénus ».

Assis sur son fauteuil, dans une posture altière,

Jean-Paul Ramirez ressemblait à un personnage de cinéma. Il avait la cinquantaine grisonnante, une forte corpulence, avec une pilosité abondante sur le torse, et arborait une coupe à la Elvis Presley, avec des rouflaquettes et une fine moustache. Derrière ses larges lunettes de vue, à la monture fantaisiste, transparaissait un regard franc et direct. Sur son avant-bras gauche, les manches de sa chemise retroussées laissaient apparaître un tatouage avec une vague forme de pyramide, et ses doigts, épais et boudinés, rivalisaient de « bagouses », toutes plus excentriques les unes que les autres. Pour le reste, il portait le bleu de travail commun à tous les ouvriers de l'entreprise. Une fois son coup de fil terminé, nous nous levâmes en même temps, et il me tendit une poignée de main franche et virile.

— Bonjour Monsieur le Directeur, je suis Ayoub, Ayoub Awaleh le cousin d'Ahmed, je suis vraiment honoré de fai...

— *Oh ! Po ! Po ! Po !* Pas d'ça ici ! Assieds-toi mon p'tit gars ! Je viens d'faire un café, t'en veux un ? m'interrompit-il avec un accent chantant.

— *Euh...* oui, merci, répondis-je, surpris par la

Une journée au bord du grand ravin

tonalité très décontractée de ce premier échange.

— Bon, Ahmed m'a déjà beaucoup parlé de toi, il m'a assuré que tu étais un bosseur et qu'on pouvait compter sur toi ! Et ton cousin, j'ai une confiance aveugle en lui ! Ça fait un peu plus de cinq ans qu'on bosse ensemble ici, et en bientôt quarante ans de métier, j'ai encore jamais vu une bête de travail comme ce gars-là ! Tiens, voilà ton café, attention, c'est chaud ! Alors, dis-moi tout... je t'écoute mon gaillard !

— Merci. Eh bien je... je veux travailler ! Je suis venu ici en France pour ça. J'ai laissé ma femme et mon jeune fils au Soudan uniquement pour cette raison. Le travail ne me fait pas peur et... *euh*... même si c'est vrai que j'y connais vraiment pas grand-chose en ce qui concerne la transformation du pétrole, j'apprends très vite croyez-moi... Voilà monsieur.

— *Ahhhh !* Ça me plaît ça ! T'es un vaillant toi, on le voit tout de suite ! Allez *hop !* C'est OK pour moi ! Tu peux commencer demain matin ? On a vraiment besoin d'un gars en ce moment à l'atelier !

— Oui, bien sûr ! Merci, merci beaucoup monsieur le directeur, vraiment merci ! Vous ne serez pas déçu !

— Pas de souci p'tit gars, pas d'souci ! Pour commencer, tu resteras quelque temps avec Nowalski. C'est lui le chef opérateur de notre équipe. Tu verras, il est un peu... *euh,* comment dire... un peu bizarroïde, mais c'est un employé modèle et un excellent formateur ! Ça te va ?

— Oui, d'accord, ça marche ! acquiesçai-je en me dirigeant vers la porte de sortie.

— Hep ! Ayoum... Oups ! Désolé, c'est comment déjà ton nom ?

— C'est Ayoub monsieur.

— Oui, pardon, Ayoub... attends une minute ! J'allais oublier de te dire que pour ton autorisation de travail, j'ai appelé un ami à moi à la préfecture. Tu les auras normalement en début de semaine prochaine, et on fera ton contrat de travail en même temps. Ç'est bon pour toi ?

— Oui, merci, monsieur le directeur, merci pour tout !

— Appelle-moi juste J.P, c'est comme ça que les gars m'appellent ici. Dans cette boite, on est tous des camarades, et puis d'ailleurs tout le monde sait rester à sa place. Ça a toujours fonctionné comme

Une journée au bord du grand ravin

ça ici ! D'accord ?

— D'accord monsieur J.P !

— *Ah ! Ah ! Ah !* Allez, si tu veux ! Demain, si j'ai le temps, je passerai te voir à l'atelier.

— D'accord, monsieur J.P, à demain, comptez sur moi !

Le lundi 19 septembre 1972, après une nuit agitée due au stress, je me présentai à 7h35 sur le site de la raffinerie pour ma toute première journée de travail. Pour faciliter mes déplacements, mon cousin m'avait prêté un vieux cyclomoteur qu'il n'utilisait plus et qui peinait à dépasser les trente kilomètres à l'heure.

Après avoir franchi la barrière de sécurité de l'usine et garé mon bolide, je fus tout d'abord impressionné par l'atmosphère et le gigantisme du site. Le jour de mon entretien avec le directeur, nous étions passés avec mon cousin par l'entrée sud du bâtiment, et je crois que je n'avais pas du tout pris la mesure de cet édifice colossal !

Tout autour de moi n'était qu'enchevêtrement de cheminées, de cuves, de pipelines et de tuyaux qui vibraient dans un chaos constant en dispersant, çà et là, des jets de vapeur. C'était un décor digne d'un film de science-fiction. Tout cela était, il faut bien l'avouer, un peu effrayant. Plus je m'enfonçais à l'intérieur du site et plus l'air autour de moi devenait dense, chargé de relents chimiques fétides...

Soudain, aussi saisissant qu'un mirage dans le désert, un homme surgit derrière un de ces écrans de fumée. Il était grand, filiforme et anormalement voûté, avec un casque flottant sur sa tête, et des lunettes à double foyer qui, avec ses pupilles dilatées, lui donnaient un regard d'insecte. Il s'arrêta un instant, balaya l'espace autour de lui d'un air désabusé, puis, s'avança vers moi, avec une démarche peu naturelle, un peu à la manière d'un automate. Il se mit alors à me parler avec une voix monocorde et un peu lasse :

— Bonjour, vous êtes Anoub ?

— Bonjour, *euh*... oui, c'est bien moi. Mais mon nom c'est Ayoub, pas Anoub.

— Très bien. Je suis Jonathan Nowalski, le chef opérateur de la raffinerie. Mais vous pouvez m'appeler Jonathan, si vous préférez, dit-il en me tendant une poignée de main molle, avant de me faire signe de le suivre en direction d'un immense

Une journée au bord du grand ravin

bâtiment en "Algeco".

Une fois à l'intérieur, il m'accompagna jusqu'aux vestiaires, composés de longues pièces étroites équipées de quelques chaises rouillées et de casiers en métal peints en bleu et noir. L'endroit sentait la pisse et la sueur...

Arrivé devant son casier, il sortit un minuscule carnet accompagné d'un stylo. Se tournant vers moi, il me demanda mes mensurations, puis s'absenta pour réapparaître quelques instants plus tard, les bras chargés d'un bleu de travail, de lunettes de protection ainsi que d'un casque de chantier. Toujours sans un sourire, il me lança, d'un ton laconique :

« C'est la combinaison réglementaire, vous n'avez pas le droit de circuler à l'intérieur de l'établissement sans elle. Vous êtes ici dans l'atelier de raffinage DMA7. Je vous donnerai des informations plus détaillées sur ce lieu ultérieurement. Soyez très attentif maintenant, car nous allons nous rendre sur la chaîne de production où je vous expliquerai en quoi consiste votre travail. Et surtout, ne touchez à rien sans m'avertir, c'est très important : ici, on ne plaisante pas avec la sécurité, Sachez-le ! ».

Il insista particulièrement sur cette dernière phrase et se tut, sans doute pour me faire sentir l'importance de ces derniers mots. Je baissai alors le regard en bafouillant je ne me rappelle plus trop quels mots d'approbation.

Mes premiers jours à la raffinerie furent évidemment très difficiles, surtout lorsque je réalisai la réelle dangerosité des matériaux que je m'apprêtais à manipuler : inflammables, corrosifs... et extrêmement toxiques ! À la fin de ma première journée de travail, j'avais la tête qui bourdonnait et l'esprit comme saoulé par les vapeurs de pétrole. Comme je n'avais pas beaucoup de choses à faire à ce moment-là, à part écouter et observer, je passais du temps, discrètement, autour de la salle des machines, à faire quelques croquis... J'étais captivé par ce que je voyais à travers les hublots, en particulier avec les différentes étapes de transformation du pétrole brut et plus encore avec le fonctionnement des colonnes de distillation, qui pour moi s'apparentait autant à de la chimie qu'à de la sorcellerie !

Tout en haut des imposants caissons de raffinage,

Une journée au bord du grand ravin

les vannes de distribution, placées sur différents niveaux, acheminaient les éléments suivants :

```
- gazeux, butane, propane
- liquide, essence
- Kérosène
- Gas-oil, fuel domestique
- et enfin les résidus...
```

Au fil des jours, je gagnai en assurance et pris progressivement mes marques. Désireux de bien faire et d'assimiler toutes les subtilités du métier, je me mis à échanger davantage avec certains collègues qui se montraient cordiaux et bienveillants à mon égard. Quant aux « mal embouchés », avec leurs regards torves et leur air supérieur, qui semblaient prendre mes questions pour un défi, voire une provocation, je décidai tout simplement de ne plus leur accorder d'importance.

Assez rapidement, au terme de ma troisième semaine de travail, je réalisai que, contrairement à ce qu'avait affirmé le directeur, les relations hiérarchiques au sein de l'équipe n'étaient pas à l'abri de quelques tensions ; certains collègues, se montrant par moments, comme on dit ici : « plus royalistes que le roi ». Je compris également que les autres subalternes n'aimaient guère Jonathan, le chef opérateur, qu'ils surnommaient entre eux « la blatte à lunettes ». Ils passaient leur temps à se moquer de lui, interprétant son éternel vouvoiement et sa distance pour de la pédanterie et du mépris. Sachant qu'il était proche de la retraite, et qu'une partie d'entre eux convoitait sa place, plus vite ils se débarrasseraient de lui, mieux ce serait !

Certes, Jonathan pouvait parfois se montrer froid, et même, à l'occasion, pointilleux à outrance, mais je suppose que toutes ces tâches répétitives, exécutées inlassablement durant toutes ces années, y étaient certainement pour quelque chose...

Pour ma part, je m'entendais plutôt bien avec lui. Il me prodiguait de précieux conseils sur le métier et, pendant les pauses, nous discutions longuement, surtout de littérature, une passion que nous avions en commun. Jonathan Nowalski était en effet un lecteur insatiable, féru de romans fantastiques et de littérature d'anticipation. Il avait lu des centaines de romans de ce genre et, parfois, durant la pause de

Une journée au bord du grand ravin

midi, il me parlait, avec beaucoup d'éloquence et en veillant de ne jamais révéler les intrigues, de quelques-uns de ses livres préférés...

À vrai dire, je ne connaissais pas grand chose de cet univers littéraire, mise à part, peut-être, ce roman de Jack Vance intitulé « The Dying Earth », que j'avais eu l'occasion de lire étant étudiant et qui ne m'avait pas emballé plus que ça. Je décidai donc de remédier à cela en m'intéressant davantage à ce type de littérature.

Chez mon cousin Ahmed et son épouse, il y avait très peu de livres. Dans la petite bibliothèque de leur appartement, juste à côté de la porte d'entrée et du meuble à chaussures, il y avait deux ouvrages sur l'Histoire de la 1re et 2e Guerre mondiale, le Code civil et le Code pénal, un imposant et très ancien Coran qui venait de Djibouti, quelques revues automobiles, des livres pour enfants et guère plus... De toute façon, y en avait-il besoin de plus ? Était-ce vraiment nécessaire, puisque dans le salon trônait cet énorme téléviseur avec les trois chaînes en couleur ! Et ça, mes amis ! Ça, c''était É-POUS-TOU-FLAN-TESQUEEE !!! Comment le dire autrement ?!

Avec la vie qu'ils menaient, j'imagine qu' Ahmed et Marianne n'avaient pas le temps, ni probablement l'envie de lire, enfin, je suppose... Les rares fois où j'avais eu l'occasion de voir mon cousin avec un livre entre les mains, c'était soit un ouvrage d'histoire, soit Le Coran, et de toute évidence il n'accordait que peu ou pas d'importance à la littérature. Par contre, il connaissait très bien les sourates du Coran ainsi que de nombreux hadiths[6]. D'aussi loin que je me souvienne, Ahmed avait toujours été, à la différence de moi, un pratiquant rigoureux qui ne manquait jamais l'heure de la prière... Je l'ai toujours admiré pour ça ! Ce n'était pas que je ne croyais pas en Dieu, bien au contraire ! Je pense que j'avais simplement une approche plus personnelle... Je ne sais pas, c'était peut-être mon âme d'artiste, éprise de liberté, constamment remuée par des questionnements, des doutes...

Ayant terminé le roman *La Peste* d'Albert Camus, et ne trouvant rien d'autre à lire, encore moins des romans fantastiques ou de science-fiction (ce n'était pas trop le genre de la maison, pour être honnête), je

---

[6] Les hadiths sont des enseignements basés sur les actions et les paroles du prophète Mahomet.

Une journée au bord du grand ravin

décidai, lors d'un de mes week-ends de repos, de partir en ville avec mon " bolide" à deux-roues.

Après avoir fait quelques courses dans une épicerie du centre, je m'arrêtai dans ma librairie préférée, qui portait le nom cocasse de « *Je Ne Suis Pas Un Robot* », gravé sur un écriteau en bois. Elle était située dans le vieux Martigues, un quartier que j'affectionnais tout particulièrement.

Le propriétaire des lieux, Gaston Paul-Émile Gourdiot, était un vieil homme très attachant avec qui je m'étais lié d'amitié. Il se définissait lui-même comme un anarchiste modéré, mais disait être aussi, et avant tout, un authentique et inconditionnel amoureux du beau verbe. C'était en tout cas pour moi un esthète plein de sagesse, quoique non dénué, par moments, d'une certaine amertume, d'un certain cynisme. Avec sa longue barbe blanche, ses habits en velours côtelé et sa pipe en bois, il me faisait penser, à bien des égards, aux philosophes tels que je les rêvais lorsque j'étais enfant...

Au moment de franchir le pas-de-porte de la librairie, le libraire me salua du haut de son escabeau, avec, comme à son habitude, un large sourire qui fit frétiller sa longue barbe en bataille :

— *Ah…* Bonjour, Ayoub ! Cela faisait longtemps !

— Bonjour Monsieur Gourdiot, oui c'est vrai ça fait longtemps... c'est que j'ai trouvé du travail à la raffinerie, c'est pour ça.

— Ahhhh ! Enfin ! Très content pou... *Kof ! Kof ! Kof !* Oh, non de non ! Brrrr !!! Pardonne-moi... ce *burley* me fait tousser ! Très content pour toi vraiment mon garçon ! Grande nouvelle !

— Merci !

—Alors, dis-moi que puis-je faire pour toi aujourd'hui?

— Et bien, j'aimerais avoir vos conseils pour l'achat d'un bon livre fantastique ou de science-fiction.

— Whisky ! Sors de là ! *Rhooo !!!* Un vrai clampin d'étagère ce chat ! Oui, bien-sûr, avec grand plaisir ! répondit-il, en redescendant de son escabeau.

Tout en grattant le sommet de son crâne dégarni, le vieil homme se dirigea vers une pièce exiguë en face du comptoir. Puis, après avoir tapoté sa pipe

Une journée au bord du grand ravin

dans un cendrier pour la vider, il commença à s'agiter comme une pile électrique en s'exclamant avec sa grosse voix de baryton :

— Bon... bon... alors, voyons voir un peu ! Il y en a en effet de très nombreux, vois-tu ! En romans d'anticipation, nous avons bien sûr le livre culte de George Orwell « 1984 » ! Il y a aussi « Dune » de Franck Herbert, vraiment très bien aussi ! « Chroniques martiennes » de Ray Bradbury, captivant ! Sinon tu as aussi... *euh...* où est-ce que je l'ai mis celui-là ? *Ah !* Te voilà toi ! L'in-con-tour-na-ble « Meilleur des mondes » d'Huxley ! Et oui, j'allais oublier, comment aurais-je pu ! La somptueuse trilogie « Fondation » d'Isaac Asimov, un pur chef-d'œuvre à mes yeux. Sinon, si tu préfères quelque chose de plus fantastique, plus proche du récit d'aventures et bien, dans un style, *kof ! Kof ! Kof !* beaucoup plus classique, car datant de la fin du XIXe, tu as les remarquables romans de Jules Verne avec « Voyage au centre de la Terre », « L'île mystérieuse » ou encore mon préféré : « Vingt mille lieues sous les mers ».

— Ah oui ! Mon collègue Jonathan m'a beaucoup

parlé de ce roman, et l'histoire m'a tout de suite captivé !

— Oui, c'est un grand classique ! Attends une minute... Mais où est-ce que je l'ai rangé celui-là ? Ah, le voilà ! dit-il, tout en sortant un vieux livre poussiéreux qui était caché sous une pile de revues littéraires. Tiens, regarde ! C'est une version ancienne qui date de... attends... oui voilà, de 1929. Imprimée d'ailleurs à l'époque pas loin d'ici à l'« Imprimerie Nouvelle de Marseille ». Regarde... regarde un peu le travail de cette couverture ! la finesse de ces gravures et la qualité de cette reliure ! du Grand Art ! *Bah !* On en fait plus des reliures comme ça maintenant, c'est fini ! *Pouah ! Pouah ! Pouah !*

— Oui, c'est magnifique en effet ! À combien le vendez-vous ?

— *Hum...* comme je te l'ai dit c'est un livre plutôt ancien et je n'ai... *Rhoooo !* Whisky ! Pousse-toi de là ! Non de nooon ! Ce chat m'exaspère ! Non, mais quelle indolence ! Oui donc... excuse-moi... qu'est-ce que je disais déjà ? Ah, oui... Jules Verne ! Oui, il en existe aussi bien sûr en reliure plus moderne, mais actuellement je n'en ai pas d'exemplaire ici.

Une journée au bord du grand ravin

Hum... Il est assez rare, mais je vais te faire un prix d'ami : 40 francs, cela te convient ?

— Ok, je vais le prendre et aussi celui-là, le petit bleu, le livre de Bradbury, ça m'a l'air pas mal du tout aussi !

— Et comment ! Bradbury c'est un génie ! Voilà mon garçon, ça te coûtera 40 et 12 francs, 52 francs en tout... Allez, donne-moi 50 francs et on n'en parle plus !

— Voilà, tenez. Merci pour votre patience et vos conseils...

— Pas de quoi... *Oh !* Vois-tu, depuis que la télévision en couleur a débarqué dans les foyers, je ne vois plus grand monde franchir la porte de ma librairie ! Les gens ne lisent plus beaucoup... C'est triste, mais bon, c'est comme ça ! Ainsi va le monde, que faire ?!

— Oui, je comprends. Là où je vis, à la cité Croix-Sainte, chez mon cousin Ahmed, tous les soirs, ils sont collés devant l'écran à regarder des émissions de divertissement ou parfois des films. J'aime beaucoup le cinéma, surtout quand ils diffusent des films d'Hitchcock, donc je regarde de temps en temps avec eux, mais à petites doses. Je préfère de loin dessiner, lire un bon livre ou encore écouter de la musique...

— *Bah !* Oui ! Tu as raison, mon garçon ! Tu as mille fois raison ! Ce sont là des activités bien plus enrichissantes !

— Allez au revoir Monsieur Gour...

— Ayoub, attends... attends une minute ! J'ai oublié de te demander ce que tu as pensé du roman de Camus que tu m'as acheté la dernière fois. L'as-tu fini ?

— Oui, je l'ai terminé hier matin et j'ai adoré ! On en apprend beaucoup sur la nature humaine et c'est remarquablement bien écrit !

— *Ah !* Camus ! Camus ! Une plume à la fois suave et tranchante ! Allez, à bientôt, et surtout n'oublie pas de repasser me voir pour me donner tes impressions sur Jules Verne et le roman de Brad... Whiskyyyyy !!!! Sors de là !!! *Rhoooo !!!!*

— Je n'y manquerai pas ! Au revoir, Monsieur Gourdiot !

De retour à l'appartement, je plongeai dans le livre de Jules Verne, littéralement transporté par les péripéties du capitaine Némo et de son Nautilus ! Ce

Une journée au bord du grand ravin

magnifique manuscrit, illustré par les gravures d'un certain Alphonse de Neuville, montrait des terres inconnues qui semblaient provenir d'autres galaxies, peuplées d'étranges et fascinantes créatures des abysses. Les somptueuses descriptions de Jules Verne et de la salle des machines du Nautilus me faisaient beaucoup penser à la raffinerie, avec ses assemblages de pistons, de vannes et de panneaux électriques...

Tout cela m'inspirait, et le soir, quand je rentrais de l'usine, si je n'étais pas trop fatigué, je poursuivais ma lecture tout en réalisant, en même temps, quelques dessins sur mon calepin. Plongé dans une sorte de transe curieuse, j'exécutais des séries de paysages à la sanguine et à la pierre noire, où l'on pouvait observer d'improbables sous-marins se déplaçant à l'intérieur de villes sous cloche, saturées par des enchevêtrements de gazoducs sinueux et des réseaux de câbles électriques délabrés. Le plus abouti de cette série était un dessin rehaussé de craies qui représentait un coquillage aux reliefs argentés sur lequel on pouvait voir, sortant de sa base, une énorme pieuvre mécanique. Ses tentacules menaçantes donnaient l'impression de se mouvoir, telle une onde, tout en recrachant, par endroits, une fumée jaune comparable aux vapeurs de soufre qui s'échappent du cratère de certains volcans. Toutes ces machines mi-organiques, mi-mécaniques, semblaient surgir d'un autre monde, d'un autre temps, d'une époque futuriste sans doute...

Ainsi, je passais une grande partie de mon temps libre à dessiner et à écrire : parfois quelques poèmes, des retranscriptions de mes rêves les plus marquants, ou encore des bribes d'histoires qui donneront naissance, un jour peut-être, à un roman...

Afin de décompresser de mes journées harassantes à l'usine, je faisais également de grandes balades dans la nature, à pied ou à mobylette, dans des coins de côtes sauvages d'une beauté à couper le souffle ! Empruntant, au gré du vent, les longs sentiers vallonnés de petits massifs de granit rouge et beige, je me retrouvais quelques kilomètres plus loin, immergé dans de somptueuses criques où l'eau me renvoyait des reflets vert émeraude et bleu turquoise.

Pour le reste, j'enchainais les jours et les se-

Une journée au bord du grand ravin

maines à l'usine, reproduisant inlassablement les mêmes gestes, appliquant scrupuleusement les mêmes protocoles, circulant en boucle à l'intérieur des mêmes parcours fléchés...

Nous étions le 22 décembre 1972. Depuis une semaine déjà, le froid s'était durablement installé sur toute la région, et je le ressentais particulièrement, n'ayant jamais eu à affronter des températures inférieures à 10 °C. Après trois mois passés à travailler à la raffinerie, la curiosité et l'enthousiasme des premiers jours cédaient peu à peu la place à un profond ennui et à ce sentiment que je déteste par-dessus tout : l'apathie. De plus, cela faisait pratiquement cinq mois que j'avais quitté les miens pour venir m'installer en France, et leur absence devenait chaque jour plus difficile à supporter et ce malgré les appels réguliers que nous échangions.

C'est d'ailleurs à la suite de l'un de ces appels que j'appris que Hasda n'était plus très loin du terme de sa grossesse. Aux dires de Yanâa, que j'avais eue au téléphone, le médecin du dispensaire prévoyait la naissance pour la fin du mois de janvier. Je n'avais pas renoncé à la promesse faite à ma femme d'être présent pour la naissance de notre fille. J'avais même gardé une grande partie de mes jours de congés, afin de pouvoir poser vingt jours consécutifs en janvier pour retourner au Soudan.

Chaque mois, depuis le début de ma prise de poste à l'usine, j'expédiais un mandat à ma famille. Sur mes 723 francs et 52 centimes de salaire, je ne gardais pour moi que 400 francs, sur lesquels, tous les mois, je mettais de côté 250 francs à la banque. Le reste, soit 150 francs, me permettait de participer aux frais chez mon cousin et sa femme, de payer l'essence de la mobylette, et, de temps en temps, pour des besoins et autres petits plaisirs personnels comme l'achat de livres, de matériel pour le dessin, ou encore une paire de chaussures, une chemise, un pantalon...

Le vendredi 28 décembre à 17h30, après la débauche, Monsieur Ramirez avait réuni une partie du personnel pour le pot de départ de Jonathan et en avait profité pour nous présenter la nouvelle cheffe opératrice : Cathy De Lalong. À cette époque, et surtout dans un milieu aussi masculin, embaucher une femme à un poste aussi important était une

Une journée au bord du grand ravin

première et un pari plutôt audacieux ! Mais il faut bien dire que J.P était un sacré bonhomme et qu'il n'avait pas froid aux yeux, ne s'intéressant au fond qu'aux compétences de ses employés, peu importe qu'il soit un homme, une femme, un Javanais ou un citron !

Grâce aux précieux conseils de Jonathan, qui m'avait initié à ce métier, ainsi qu'à mon sérieux et au volontarisme dont j'avais fait preuve durant ces trois premiers mois, le directeur décida de me faire passer d'ouvrier d'exécution niveau 1 à niveau 2. Vous vous demandez sûrement ce que ça change vraiment ? Eh bien, cela voulait juste dire qu'on me lâchait un peu plus la bride, sans pour autant me laisser prendre de grandes initiatives. Et la différence sur la paye ? *Euh...* 16 francs et 3 centimes. Mais au final, cela m'importait peu. Ce que je ressentais, c'était surtout une grande fierté : le sentiment d'avoir fait ce pour quoi j'avais été embauché, et de l'avoir fait du mieux possible. Et ça, ça n'avait pas de prix !

Après le départ à la retraite de Jonathan, je fus donc placé sous l'autorité de la nouvelle cheffe opératrice... autant dire sous ses ordres !

Régis Guenerie & Jérémie Dessertine

Cathy de Lalong, qui arrivait tout droit du nord de la France, avait travaillé durant de nombreuses années à la raffinerie de Normandie, située à Gonfreville-l'Orcher, en Seine-Maritime. C'était la plus grande raffinerie de France, mais aussi l'une des plus anciennes. Cette femme plutôt petite et de forte corpulence était, à l'inverse de Jonathan, d'un tempérament explosif. Survoltée du matin au soir, elle me donnait l'impression d'être constamment sous l'effet de quelques puissants psychotropes ! Avec son franc parler et son caractère incisif, le courant passait mal au sein de l'équipe, et le fait qu'elle soit une femme, de surcroit une femme donnant des directives à une vingtaine d'hommes, n'arrangeait rien à l'affaire.

Ainsi, à peine deux semaines seulement après sa prise de poste, quelques-uns des « vieux barons » de l'équipe allèrent, manches retroussées, torses bombés et mâchoires en biais, demander des comptes à la direction et plus tard encore sa démission pure et simple. Le directeur, fidèle à lui-même, refusa catégoriquement en les renvoyant illico presto dans leurs quartiers en les traitant de : « Bandes de couilles pleines aux cervelles creuses ! ».

Une journée au bord du grand ravin

C'était désormais à Cathy De Lalong qu'incombait la responsabilité de finaliser ma formation. De toute évidence cela l'agaçait plus qu'autre chose, et elle ne se privait pas d'exprimait ouvertement qu'elle ne supportait pas ma présence. Ce comportement, je le connaissais trop bien depuis mon arrivée dans ce pays : encore et toujours ce racisme latent, cet orgueil que peuvent avoir certains occidentaux qui, se croyant au sommet de l'évolution humaine, pensent que nous les Africains, les Hindous, nous les 'basanés', nous sommes un sous-produit, une espèce de basse extraction, une race de rien ! D'ailleurs, durant les toutes premières heures passées à ses côtés dans l'atelier de raffinage, alors que nous faisions des relevés de pression sur les appareils, je l'avais déjà entendu m'interpeller avec des invectives telles que : « Allez, l'bronzé, active un peu, allez ! allez ! On n'est pas à Yolamboubou ici ! » ou encore, une autre fois, voulant plaisanter avec moi en me parlant en langage 'petit nègre' : « Toi comprendre quand moi montrer toi comment stabiliser le niveau de pression ? *Ah ! Ah ! Ah ! Oh !* Allez ! C'est pour rire ! Vous avez pas d'humour chez vous à Bananialand ou quoi ?! ».

Cette ambiance délétère me pesait terriblement, et je regrettais amèrement la compagnie de Jonathan, qui, contrairement à Cathy De Lalong, avait toujours été bienveillant et respectueux à mon égard.

Un soir, j'en avais même discuté avec Ahmed, espérant qu'il me donne quelques conseils, mais il s'était contenté de me répondre : « Oh, tu sais, c'est rien ça, Yayou ! Moi je suis aussi passé par là ! Fais pas attention à ces choses-là ! ».

Tout ceci me replongea lentement dans un profond état d'abattement, accompagné d'une aversion de plus en plus intense envers les habitants de ce pays. J'en voulais à la terre entière ! Un peu comme le capitaine Némo à la fin de ses aventures, je me laissais lentement sombrer dans les eaux profondes, emporté par le Nautilus, cet insubmersible qui semblait à présent s'être matérialisé en moi à travers l'immense salle des machines de la raffinerie...

Je dormais de plus en plus mal, et je me réveillais en sueur, souvent en pleine nuit, après avoir fait de terribles cauchemars. Je n'avais qu'une envie à ce moment-là. : rentrer chez moi ! Fuir ce monde cloisonné et sans saveur et retrouver ma femme,

Une journée au bord du grand ravin

mon fils Hakim, ma grand-mère... Retrouver mon peuple ! mes semblables ! avec leur gaîté, leur légèreté ! Quitter cette terre de faux-semblants et d'immondes hypocrites !! En attendant, malgré la fatigue et cette énorme boule au ventre, je décidai, comme à mon habitude, de serrer les dents et de prendre sur moi. Malheureusement, n'étant plus suffisamment concentré au travail, je faisais de plus en plus d'erreurs dans mes relevés...

Et c'est ainsi, qu'à bout de forces, et sous la pression grandissante de Cathy " la négrière ", arriva, moins d'une semaine avant mon départ pour Khartoum, un événement qui allait bouleverser toute ma vie...

Ce matin du 11 janvier 1973, ayant pris mon poste avec vingt minutes de retard suite à la panne de ma mobylette, je me présentai à l'atelier en sueur et trouvai Cathy, les bras croisés et le regard empli d'exécration. Elle m'attendait là, devant l'imposant tableau de commande principal, avec mon carnet de relevés...

— Non, mais t'as vu l'heure ?!
— Je suis désolé... c'est à cause de...

— Je m'en fous de tes explications ! Ça fait vingt minutes que je t'attends ! Tu crois que j'ai que ça à faire ?!! Allez, allez l'frisé ! Prends le carnet et dépêche-toi, t'as du retard à rattraper !!!
— Oui, oui d'accord... Bien sûr.

Partant en direction de atelier DMA7 où se trouvaient les dix-huit colonnes de combustion, je commençai, comme à mon habitude, le relevé journalier des jauges de pression et des indicateurs de brûlage dans l'épais carnet de près de deux cents pages. Tout en m'efforçant de travailler rapidement afin de rattraper mon retard, j'entendis soudain le téléphone mural de l'atelier sonner, accompagné d'un clignotement rouge. Je vis alors mon collègue Anthony, qui se trouvait non loin de là, décrocher le combiné puis, après quelques instants, me faire un signe de la main.

— *PFFUUUUIT* !!! Ayouuub ! C'est pour toi, viens !

En me dirigeant vers le téléphone, je ne pouvais m'empêcher de penser à mon retard de ce matin et aux erreurs de relevés de la semaine dernière... Et si

Une journée au bord du grand ravin

c'était le directeur qui voulait me voir concernant mes erreurs de relevés ? Et si c'était pour m'annoncer mon licenciement ? Et si... et si...

— Tiens...
— Merci, Anthony.
— Oui allô ? Oui... d'accord, j'arrive.

C'était Jessica, la secrétaire, qui m'informait qu'un appel en P.C.V m'attendait, et que cela semblait très important. Sortant à toute vitesse de l'atelier, en passant par le sas principal tout en retirant mon casque et mes gants, je me disais que c'était sûrement un coup de fil pour m'annoncer que Hasda venait d'accoucher, ou que cela n'allait pas tarder... Arrivant dans le bureau, Jessica me tendit le combiné puis elle sortit discrètement de la pièce.

— Salam Aleykum, Mudane...
— Aleykum Salam...
— J'ai un appel en P.C.V pour vous de la part de Madame Guedi Yanâa, est-ce que vous l'acceptez ?
— Oui, c'est ma grand-mère, oui bien sûr...
— Très bien, veuillez patienter, je vous mets en relation...

Régis Guenerie & Jérémie Dessertine

... Please wait a minut tididiiit !...
...we're contacting the requester pole
Tit-tit-tit !...

— Allô ! Allô -*cric*- mon fils tu -*cric*- m'entends ?

— Oui, je t'entends et toi ? Yanâa tout va bien ?! C'est Hasda ?! Elle a accouché ?! Tout s'est bien passé ?!

— Allô -*sffrrrrchhhh*- ! Allô -*cric*- mon fils, tu es là ? tu m'en -*cric*- tends ?!

— Oui je t'entends Yanâa, mais qu'est-ce qu'il se passe ?!

— Ya rabbi !! Ils sont -*sffrrrrchhhh*- !! au village ! Ya rabbiiiii !! Ils ont tout saccagé -*cric*- ! Ils ont tout brûlé !!!!! Hakiiiim !! Hasdaaaa !! ya rabbi ! ya rabbiiiii !! Irhamna ya Allaaah !!!

— Hasda, quoi ?! Qu'est-ce qui lui est arrivé ?! Elle est blessée ?!!! Yanâa dis-moi ! Et Hakim ?! Où est-il ?! Il va bien ?!

— Je n'étais pas avec eux ! J'étais chez -*cric*- Ya rabbiiii ! Je n'ai pas -*cric*- Hakim ! Hasd -*sffrrrrchhhh*- Ya rabbi ! Ya rabbiiiii ! Ils ont tiré sur eux ! Mon fils ta fem -*cric*- et ton fils sont... ils sont... morts ! Ya ra-*sffrrrrchhhh*- !!

Une journée au bord du grand ravin

Secoué par l'annonce, incapable de supporter un tel choc, je raccrochai aussitôt le téléphone, comme si ce coup de fil n'avait jamais existé...

En sortant précipitamment du bureau, la secrétaire, ayant remarqué mon visage bouleversé, m'interpella :

— Ayoub, tout va bien ? Rien de grave, j'espère ?
— Non, non... tout va bien, merci. lui répondis-je avec un sourire crispé.

De retour sur le site de l'atelier, Anthony me fit un signe de loin, comme pour vérifier que tout allait bien. Je lui répondis par un hochement de la tête, puis je repris le travail comme si de rien n'était, comme si cet épisode n'avait jamais eu lieu... (En y repensant aujourd'hui, je suis frappé par la manière dont le cerveau, face à un stress trop intense, parvient à se protéger en passant automatiquement en mode « auto-défense »).

Poursuivant les relevés du quatrième caisson de combustion, je constatai à nouveau qu'un des voyants était à la limite du rouge. Le cadran indiquait, une fois de plus, une pression supérieure à

43 bars. C'était tout sauf normal ! J'avais déjà signalé ce problème à Cathy à deux reprises la semaine dernière, mais elle s'était contentée de tapoter sur l'écran du manomètre, avant de me répondre d'un ton suffisant que ce n'était rien, que je n'y comprenais rien, et que les colonnes subissaient parfois des fluctuations souterraines pouvant affecter la pression. C'était pourtant la troisième fois que ce caisson, toujours le même, indiquait des chiffres bien au-dessus des limites. Je n'étais vraiment pas rassuré et décidai tout de même d'appeler Anthony qui était dans la boite depuis de nombreuses années.

— Anthony ! Hey, Anthony ! Anthonyyyy !!
— Ouais ! Qu'est-ce qui t'arrive ? Un problème ?
— Oui... viens voir s'il te plait, vite !
— OK, j'arrive !
— Qu'est-ce qui se passe ?! lança-t-il, tout en courant vers moi.
— Regarde ce cadran-là ! La pression est montée au-dessus de 46 bars, et en plus de ça la soupape de sécurité ne s'est pas déclenchée ! C'est pas la première fois avec celui-ci !

Une journée au bord du grand ravin

— Ah merde ! C'est pas très bon ça ! *Hum...* T'as signalé ça à l'autre folle dingue?

— Oui, bien sûr ! Ça c'est déjà produit deux fois, mercredi et jeudi dernier, mais elle m'a dit que ce n'était pas grave, que c'était sûrement dû à des fluctuations de... je sais plus trop quoi !

— Des fluctuations souterraines ? Oui, ça peut arriver, c'est vrai, mais pas aussi rapprochées dans le temps... non ça, je pense pas ! Et en plus la soupape de sécurité qui ne fonctionne pas !

Au même moment, alors qu'Anthony s'apprêtait à actionner l'arrêt d'urgence, nous entendîmes un sifflement aigu puissant et l'aiguille de l'indicateur de pression se mit tout à coup à grimper en flèche : 57 bars ! 83 bars ! 115 bars !!

— Ayoub, ne reste pas là ! Dégage, ça va péter ! Fous le camp ! fous le caaamp !! Ayou-you-youuub fous le-le-le-le camp-camp-caaaamp !!
Et puis après... plus rien. Juste un grand trou noir.

Mon cousin Ahmed, qui se trouvait dans son bureau au moment de l'explosion, me raconta plus tard qu'alerté par la déflagration, il avait accouru depuis l'aile nord du bâtiment, à l'opposé du lieu de l'incident. Tandis que l'alarme retentissait dans toute l'usine, se mêlant aux sirènes des camions de pompiers et des ambulances, il était arrivé sur place et s'était posté près du sas de sécurité de la salle de raffinage. Une épaisse fumée s'échappait par bouffées des joints de l'imposante porte en métal. À travers le hublot, il ne distinguait rien d'autre qu'un nuage rougeâtre qui envahissait tout l'atelier...

— Monsieur ! Monsieur ! Ne restez pas là, c'est dangereux !!! lança un pompier en déroulant un tuyau d'incendie.

— Mais... mais y'a mon cousin là-dedans ! Ya rabbiii ! Yayou!! Yayouuuu !!

— Monsieur ! S'il vous plaît, laissez-nous faire notre travail ! S'il y a encore quelqu'un de vivant dans cette fournaise nous allons faire tout notre possible pour le sortir de là ! Allez ! Allez ! retournez avec les autres de l'autre côté du bâtiment, je vous en prie !

Cet accident fit, le lendemain, la première page du quotidien « Le Provençal ». Voici un extrait de

Une journée au bord du grand ravin

l'article publié le 12 janvier 1973 que j'ai gardé jusqu'à présent :

ACCIDENT TRAGIQUE À LA RAFFINERIE

(...) HIER, À 8H40, UNE VIOLENTE EXPLOSION A SECOUÉ LA RAFFINERIE DE FOS-SUR-MER. SELON L'ENQUÊTE JUDICIAIRE EN COURS, ELLE AURAIT ÉTÉ CAUSÉE PAR UNE SURPRESSION DANS UNE OU PLUSIEURS COLONNES DE COMBUSTION. UN BILAN TRÈS LOURD EST À DÉPLORER : SIX MORTS ET DIX BLESSÉS, DONT UN DANS UN ÉTAT CRITIQUE. LE SITE EST DÉVASTÉ SUR PRÈS DE 600 M², ET DES VITRES ONT ÉTÉ SOUFFLÉES DANS UN RAYON DE 1 000 MÈTRES AUTOUR DE L'USINE. PARMI LES BLESSÉS LES PLUS GRAVES FIGURE AYOUB AWALEH, UN JEUNE IMMIGRÉ DJIBOUTIEN DE 25 ANS, QUI SE TROUVAIT ALORS À PROXIMITÉ D'UNE DES PRINCIPALES VANNES DE RAFFINAGE AVEC L'UN DE SES COLLÈGUES. D'APRÈS LES PREMIERS TÉMOIGNAGES RECUEILLIS AUPRÈS DE BLESSÉS LÉGERS, IL AURAIT ÉTÉ PROJETÉ À PRÈS DE 7 MÈTRES CONTRE UN DES MURS DE L'ATELIER. BIEN QU'AYANT MIRACULEUSEMENT SURVÉCU À L'EXPLOSION, LE VIOLENT CHOC À LA TÊTE CAUSÉ PAR LA PUISSANTE DÉFLAGRATION L'A PLONGÉ DANS UN PROFOND COMA. TRANSPORTÉ D'URGENCE EN HÉLICOPTÈRE À L'HÔPITAL NORD DE MARSEILLE, SON PRONOSTIC VITAL EST ENGAGÉ.

Oui, j'ai survécu... Al hamdoulillah ! Et si je suis vivant aujourd'hui c'est grâce à la réactivité du Docteur Saïd Benharonis et de son équipe, qui ont réussi à drainer *in-extremis* l'hémorragie cérébrale.

Néanmoins, malgré une première réparation des tissus cérébraux les plus endommagés et des constantes vitales à nouveau stabilisées, le pronostic des médecins et des chirurgiens du service d'urgence restait encore très préoccupant :

```
Patient Awaleh Ayoub 25 ans
3037XcuvdDrBen-chiru- 1302 9 56 71±
```

Traumatisme intracrânien avec perforation de l'os temporal sur une surface de 8,3 cm, Fracture du maxillaire inférieur, double fracture comminutive du fémur gauche avec graves lésions des tissus mous, fractures multiples du bassin, ulcération cornéenne de stade 4, brûlures au 3e degré au niveau du thorax et des membres supérieurs.

Après l'intervention, et à la suite de trois jours de coma, l'équipe médicale dut intervenir à nouveau et en urgence afin d'éviter d'autres complications. Je dus donc subir, ce jour-là, deux opérations chirurgi-

Une journée au bord du grand ravin

cales très lourdes et risquées:

> *Microchirurgie cérébrale avec pose d'un implant crânien P.E.X.A n° 3 e n polymère pour restaurer la structure osseuse, placement de deux prothèses en céramique, l'une au niveau de la hanche, l'autre au niveau du fémur gauche, ainsi que l'insertion d'une vingtaine de broches métalliques pour stabiliser les fractures complexes.*

Heureusement, l'intervention se déroula sans incident. Après une longue convalescence de près de 19 mois, ponctuée de séances de rééducation exténuantes, je pus enfin retourner chez mon cousin à Martigues.

Mais ce long séjour, d'abord à l'hôpital avec les différentes interventions chirurgicales, puis au centre de rééducation – dont les frais n'étaient pas pris en charge par l'assurance maladie – m'avait littéralement mis à sec ! De mes maigres économies, il ne restait plus rien. Il ne me restait plus rien non plus des quelques minutes qui ont précédé l'accident... ou peut-être que j'ai oublié... ou que je... que je préfère ne pas me souvenir...

— Ayoub, mon fils -*skkkkkrffff*- mon fils, il s'est passé -*cric*- *Tit... tit... tit... tiiiiiiiiiit !!!*
— Allô ?! Allô ?! Yanâa? Yanâaaa, allôoo ?! Yanâa, qu'est-ce qu'il se passe ?!! Allô, je ne t'entends plus ! Je n'entends rien ! Je... je veux pas ! je veux pas entendre ! Haki... Hakim, noooo !! Je... je peux pas ! Hasda ! Hasdaaaa !!

Une journée au bord du grand ravin

Mardi 18 septembre 2001

12:08

Nadine, une infirmière que j'appréciais beaucoup, passait régulièrement me voir dans ma chambre pour me prodiguer des soins, et tous les mardis, c'était elle qui m'apportait mon repas. C'était une personne très douce et particulièrement attentionnée à mon égard. Nous discutions beaucoup ensemble, et je dois avouer que me confier à elle de temps en temps m'apportait un immense réconfort.

— Hasda ! Hasda ! Non ! Nooooooooo !!!!
— Monsieur Awaleh, réveillez-vous...
— Hasda... c'est toi ?!!
— Non, Monsieur Awaleh, c'est moi Nadine,

votre infirmière. Réveillez-vous ! Réveillez-vous, vous vous êtes assoupi. Je pense que vous étiez en train de faire un cauchemar.

— Oui... j'étais à la raffinerie... l'accident... je... je... le téléphone... il y avait... je n'ai pas... je... je... bredouillai-je, le souffle haletant.

— Calmez-vous, calmez-vous, c'est terminé maintenant, tout va bien. dit l'infirmière en posant une main rassurante sur mon épaule.

— Merci. Je... je sais. C'était il y a plus de quarante ans mais j'ai toujours l'impression que c'était hier...

— Oui, je comprends, je comprends. Tenez, buvez un peu d'eau fraîche, ça vous fera du bien. Alors, comment vous sentez-vous aujourd'hui ? Et ces migraines ?

— Ça va mieux, depuis que tu es là. C'est toi mon rayon de soleil !

— *Ah ! Ah ! Ah !* Vous êtes gentil ! Tenez, voici votre repas.

— Voyons voir ! Alors au menu : concombres à l'eau, poisson à l'eau, haricots verts à l'eau et chou-fleur à... l'eau. *Hummm,* tout un festin !

— Oui, et *hop !* Un grand verre d'eau avec !

Une journée au bord du grand ravin

— Bon... j'imagine que c'est pas possible d'avoir un peu de piment et un pichet de Côte-du-Rhône ?

— Non, *ah ! ah ! ah !* Ça, ce n'est pas possible, Votre Excellence ! Mais par contre, je peux vous proposer un peu de ketchup et du jus de raisin. Et avec un peu d'imagination, qui sait ? Non ?

— *Ah ! Ah ! Ah !* Oui, tu as raison, Nadine ! Et puis moi l'imagination c'est mon truc ! Je suis même un spécialiste en la matière !

— Allez, bon appétit, Monsieur Awaleh. Et surtout, n'oubliez pas de prendre vos médicaments en mangeant. Je monte à l'étage pour déposer les plateaux à Mr Garigot et Mme Dusechelle et je repasse vous voir juste après, d'accord ?

— D'accord, ma belle, à tout à l'heure !

(Tic... Tac... Tic... Tac...)

— Monsieur Awaleh, il faut prendre votre traitement pour éviter de faire des crises. Joackim et Gaston, les infirmiers du 3e étage, m'ont dit que vous en avez encore fait une ce matin. Ils m'ont également signalé vous avoir vu, à plusieurs reprises, recracher vos médicaments dans les toilettes... Est-ce vrai ? dit-elle tout en débarrassant mon plateau.

— Oui, Nadine. Je voudrais changer de traitement, celui-ci ne me convient vraiment pas ! À chaque fois que je prends ces fichues pilules, j'ai l'impression de perdre la tête, et j'ai des visions terrifiantes ! J'ai l'horrible sensation d'être piégé dans une sorte de labyrinthe, une spirale infernale où des passages de ma vie se mélangent à des images complètement délirantes ! J'ai peur, Nadine, j'ai vraiment peur, tu comprends?!

— Ne vous inquiétez pas, Monsieur Awaleh, je le signalerai à la transmission ce soir, c'est promis. En attendant, essayez de vous détendre un peu. Pourquoi ne pas faire quelques dessins et écouter votre musique préférée ? Vous savez, ce groupe de musique, comment s'appelle-t-il déjà ? Je sais que cela vous apaise. Voulez-vous que je vous amène un bon thé avec une part de cake vers 15h ?

— Un cake aux fruits rouges ?

— Oui, une énorme part de cake aux fruits rouges ! *Ah Ah Ah !!!* s'exclama Nadine avec un grand sourire.

— Oui, je veux bien, répondis-je tout en insérant une cassette dans ma vieille chaîne hi-fi.

Une journée au bord du grand ravin

Shtiiing tada shtiing !
My baby's walking, walking...
She's walking down the streets of karkart !
she's walking like a wingilâ yo ma !
Oh yeah !!!

— Le groupe s'appelle Bokaaando blues !!! Ils viennent de Karthoooum ! Des sacrés musicieeens ! *Oh yeaaah !!* m'exclamai-je en élevant la voix au-dessus de la musique. « *Ahhh...* heureusemeeent que tu es là, Nadiiiine ! Je t'ai déjà dit que tu me rappelles Salya, ma petite sœur qui vit à Paaaris ?!!! »

— Oui, Monsieur Awaaaleh, vous me le dites tout le teeeemps ! répondit Nadine avec un sourire qui cachait, au fond, une certaine tristesse. « Allez, allez ! Enlevez, moi cette robe de chaaambre ! Quand je reviens, je veux vous voir sur votre trente-et-un. N'est-ce pas aujourd'hui que vous allez vous promener avec votre ami Monsieur Pétronillooooo ?! ».

— *Ahhh* oui ! Ce sacré Polo ! Qu'est-ce qu'il va bien trouver à me raconter encore aujourd'hui ?! J'ai hâte ! *Ah Ah Ah !!*

— Et baissez-moi un peu cette musiiique ! Ce n'est pas une discothèque ici!! lança Nadine, juste avant de sortir de la chambre.

L'instant d'après, en entrant dans l'ascenseur afin de rejoindre mon ami Polo, j'en profitai pour bourrer ma pipe avec un fond de tabac mélangé, discrètement, avec quelques miettes de cannabis qui me restaient d'une enveloppe que m'avait fournie Franck, un des infirmiers avec qui je faisais affaire de temps en temps.

Une fois sorti du bâtiment, je m'éloignai un peu pour allumer cette pipe pas très conventionnelle. Tandis que je tirais la première bouffée, je repensai au dernier dessin que j'avais fait la nuit dernière, un bien étrange portrait à vrai dire...

Le mardi, Polo et moi avions pour habitude de nous promener dans les allées du jardin de l'hôpital, juste derrière le foyer. Nous discutions des heures entières de tout, de rien, de tout et de rien, et parfois de choses plus profondes. C'était devenu une sorte de rituel, une façon pour nous de passer le temps. Un temps qui s'écoulait ici de façon aléatoire et souvent d'une manière déconcertante...

Paul Pétronillo, que tout le monde ici appelait Polo, était un résident du pavillon 3, un bâtiment

Une journée au bord du grand ravin

réservé aux patients souffrant d'addictions (un sujet qu'il préférait d'ailleurs éviter). J'aimais beaucoup échanger avec lui, car il connaissait des tas de choses passionnantes !

Dans sa jeunesse, Polo avait tenu une petite boutique à Marseille, une sorte de bazar, un formidable fourre-tout où l'on pouvait trouver une multitude de livres, de plantes, de vêtements, de vieux vinyles, d'œuvres d'art de jeunes talents locaux, et même quelques fruits et légumes qu'il cultivait lui-même. Je connaissais très bien Marseille pour y avoir vécu de longues années ; une période très difficile de ma vie, pour laquelle je garde, néanmoins, quelques bons souvenirs...

En sortant par l'entrée principale de son pavillon, Polo s'avança vers moi d'un pas nonchalant. Il portait un jean noir troué aux genoux, un vieux perfecto couleur aubergine tout craquelé, un t-shirt délavé d'*Iron Maiden* distendu par son ventre proéminent, et une casquette irlandaise légèrement de travers.

— Ah ! Bonjour, vieux frère ! Comment vas-tu aujourd'hui ?

— *Bof...* on fait aller... on fait aller.

— Ouh là là ! Je vois... Bon, marchons un peu ! Il fait beau, ça nous fera du bien !

— Oui, bonne idée.

— T'as vu ce qui s'est passé la semaine dernière avec les tours à New York ? *Po ! Po ! Po !* C'est sûr, ça, c'est encore un coup de la CIA !

— Oui, j'ai vu ça sur la télé du réfectoire. C'est terrible... vraiment terrible. Que dire de plus ? Mais pourquoi la CIA ? Et pourquoi pas les extra-terrestres tant qu'on y est ? répondis-je, d'un air à la fois désabusé et ironique.

— Bref, bref ! Laisse tomber... Dis-moi, c'est quoi ça ? Un genre de journal intime ? me demanda Polo, intrigué par le petit carnet que je tenais dans la main.

— Oui si on veut. C'est une vieille habitude que j'ai gardée de mes études d'art, quand j'avais une vingtaine d'années. J'en ai des centaines comme ça, planqués dans une valise sous mon lit. Mais *chuuut !* C'est un secret !

— Bouche cousue, t'inquiète ! *Ah ! Ah ! Ah !*

— Ces carnets, c'est un peu comme ta boutique à Marseille, ce sont des fourre-tout avec des croquis, des poèmes... j'y écris aussi quelques ressentis ou encore les retranscriptions de certains de mes rêves. Je te ferai lire un jour si tu veux, d'accord ?

— Oui avec plaisir mon collègue ! Hey, un jour tu pourrais faire un portrait de moi, tu penses ?! Tu verras, le Polo est très "dessin-hygiénique" !!! *Wha Ah Ah Ah!!!*

— *Ah ! ah ! ah !* Oui, pourquoi pas ! Mais dis-moi, ton portrait tu le veux avec ou sans ton bonnet fétiche de l'OM qui sent la dorade ?! *Ah Ah Ah Ah !!!*

— Pas la dorade ! La sardine ! la sareeeedine !! *Ah ! Ah ! Ah !!* Avec bien sûr, quelle question !! *Oh Ah Ah !!* Putainggggg ! C'est bon de rire !! Mais bon, si tu veux bien, parlons de choses plus sérieuses maintenant ! Comme ça on mourra peut-être un peu moins cons tous les deux! *Ah ! Ah ! Ah !* Qu'est-ce que t'en penses ? s'exclama Polo en me tapant l'épaule.

— OK, alors, c'est quoi le sujet du jour ? demandai-je, en lui rendant une tape sur l'épaule, un peu plus forte que la sienne.

— *Aïe !* Doucement ! Eh bien tu vas voir, c'est passionnant...

— Je t'écoute.

— Est-ce que tu as déjà entendu parler du principe de synchronicité ? me demanda-t-il avec un ton très sérieux, presque inquiet.

— No... not at all, maestro ! Mais tu vas m'expliquer tout ça, n'est-ce pas ? répondis-je tout en rallumant ma pipe, très impatient d'entendre son histoire.

— Eh bien, en écoutant une émission de radio ce matin, je me suis souvenu d'un livre que j'avais lu à l'époque où je tenais ma boutique. La synchronicité c'est un principe inventé par le psychiatre suisse Carl Gustav Jung. Tu as déjà entendu parler de lui ?

— Oui, vaguement... de nom seulement *kof! kof! kof!*

— Oh purée ! *kof! kof! kof! Pouah! Pouah!* Y'a du chichon dans ta pipe ou quoi ?!

— Oui, un peu... *kof! Kof! Kooof!!* Tiens, tu veux tirer une bouffée ? Elle est pas trop forte tu verras...

— Oh, malheureux non ! J'ai arrêté ces conneries depuis bien longtemps !

— Polo, asseyons-nous un peu tu veux bien ? Ma jambe me fait un mal de chien.

— Oui, bonne idée. Moi aussi je commence à

Une journée au bord du grand ravin

fatiguer. C'est qu'on est plus des jeunots tous les deux, hein ?!

Nous nous assîmes sur un banc et je le relançai :

— Alors, tu disais quoi *kof ! kof !* déjà ? demandai-je à mon ami tout en commençant à sentir l'effet de l'herbe me détendre.

— Je te parlais de Jung et de *euh...* Ah oui, voilà ! Dans son bouquin, Jung parle d'un phénomène mystérieux où deux événements peuvent se produire simultanément, sous des formes différentes, deux événements qui peuvent provenir d'univers ou réalités distincts...

— *Oups ! Kof ! Kof !* Tu m'as perdu là...

— Ok... Attends ! attends ! Je te donne un exemple tout simple : imagine un instant que je te raconte un de mes rêves où, par exemple, un serpent sort brusquement d'un buisson, et qu'au même moment, dans le monde réel, un serpent apparaisse à côté de nous, juste derrière ce buisson-là... Eh bien, ça, c'est la synchronicité !

— Oui, d'accord. Mais qu'est-ce que ça signifie pour toi exactement ? Est-ce que ça ne pourrait pas juste être une simple coïncidence ?

— *Hummm...* pas pour moi ! Moi je pense qu'il existe des liens, des passerelles, entre le monde réel et l'imaginaire, entre plusieurs mondes ou encore entre plusieurs états. Tu vois ce que je veux dire ?

— Oui, là, je te suis ! C'est très intéressant et assez troublant en effet. D'ailleurs, ça me fait penser à quelque chose. Tu sais chez nous à Djibouti, dans les croyances ancestrales des Afars, il existe quelque chose d'assez similaire... Mes grands-parents nous en parlaient quand on était petits avec ma sœur. Surtout ma défunte grand-mère Yanâa, Allah y rahma ![7] Elle disait même qu'il existait chez nous, au sein même de notre famille, des personnes capables de se déplacer en esprit entre ces deux mondes dont tu parles...

— Vraiment ?! *Waouh !* c'est incroyable ce que tu me...

— Oui, mais moi, j'y ai jamais trop cru. Enfin... je sais pas trop... je... je pense que c'est plutôt des histoires pour les enfants tout ça... ou encore juste des légendes, de simples affabulations...

— Se déplacer ? Mais comment ça ? Dis-m'en un

---
[7] « Qu'Allah lui fasse miséricorde ! ».

peu plus, ça me passionne ce genre de trucs ! s'exclama Polo, qui n'avait rien écouté des derniers mots que j'avais prononcés et qui me regardait avec les yeux d'un enfant qui attendrait la suite d'un conte fabuleux.

— Là, c'est moi qui te suis plus... se déplacer ?! Mais comment ça ? Par l'esprit ? *Hey ! Oh !* Ayoub! Mais qu'est-ce qui y'a ? Tu m'entends ? Ayoub, t'es où là ?! Ayoub ?!

Je ne répondis pas. Ma tête commençait à bourdonner tandis que mon regard se figeait soudainement sur l'avant-bras gauche de Polo. Un tatouage étrange y était dessiné, auquel je n'avais jamais vraiment prêté attention auparavant: une tête de gorgone, clope au bec et dont la chevelure, originairement composée de serpents, avait été remplacée par des dizaines de mains crispées et entremêlées. Sans que je sache vraiment pourquoi, cette image me plongea dans une profonde torpeur. Je pris alors brusquement congé de mon ami :

— *Euh...* excuse-moi, Polo, je... je... j'ai des choses à faire... je... *euh...* on se voit plus tard, prends soin de toi !

— Mais enfin, Ayoub, qu'est-ce qu'il t'arrive ? Je t'ai jamais vu dans cet état ! Est-ce que j'ai dit...
Je n'entendais plus rien. Mon esprit était entièrement absorbé par la vision de la créature. Je me levai alors brusquement en prenant appui sur ma canne.

— Oh Bonne Mère ! Ça y est, il est devenu fada avec son chichon ! s'exclama Polo en me regardant me lever. Oh mon poto, mais qu'est-ce qui t'arrive ?! Tu me fais peur, là, franchement !

Je me mis alors à trottiner vers la porte d'entrée du foyer puis, le corps bringuebalant dans tous les sens, je montai péniblement les escaliers en bousculant au passage quelques infirmiers qui ne semblèrent d'ailleurs pas surpris par les frasques de ce « patient tellement particulier ».

Tout au long de cette après-midi, montrant des signes d'agressivité, projetant des objets contre les murs et hurlant des mots dans un langage incompréhensible, le Docteur Cawlings (le neuropsychiatre du service), déconcerté, dut prendre la décision de m'administrer de puissants calmants et demanda

Une journée au bord du grand ravin

même aux infirmiers de m'immobiliser sur mon lit avec des sangles...

À cet instant-là, j'avais perdu toute volonté de vivre et songeais même, une fois de nouveau libéré de mes sangles, à en finir une bonne fois pour toutes... Mais, au moment où je planifiais dans ma tête une façon efficace et rapide de quitter ce monde, une voix familière vint alors me murmurer à l'oreille :

— Ayoub, attends... Ne fais pas ça ! Écoute-moi...

Régis Guenerie & Jérémie Dessertine

Mardi 18 septembre 2001
18:06

— Bonjour, Monsieur Awaleh, comment vous sentez-vous ?

— Ça va... ça va un peu mieux. Enfin, je crois... Mais quelle heure est-il ? demandai-je au Docteur tout en me redressant péniblement de mon lit.

— Il est exactement 18 heures et 6 minutes. Vous avez beaucoup dormi, un peu plus de 4 heures, dit le Dr Cawlings en consultant sa montre.

— Monsieur Awaleh, j'ai demandé aux infirmiers de vous détacher tout à l'heure, mais je compte sur vous pour rester calme, d'accord ?

— Oui, oui, bien sûr, Docteur ! De toute façon, je n'ai ni l'envie, ni la force de m'énerver.

Une journée au bord du grand ravin

— C'est très bien tout ça ! Alors... voulez-vous continuer à me raconter votre histoire ? Lors de notre dernier entretien du... 8 septembre, je crois... *euh...* non : le 9, plutôt... non, non, ça c'était la séance avec Monsieur Makaro. Oh ! Excusez-moi ! J'ai tellement de patients à m'occuper ces derniers temps ! s'écria-t-il en feuilletant son carnet avant de poursuivre, tout en repositionnant ses lunettes sur son nez d'un geste nerveux: « Bref, bref, peu importe ! Je m'en souviens très bien, de toute façon ! Nous nous étions arrêtés au moment où vous me parliez de votre engagement dans la légion étrangère après un séjour en prison suite à...

— *Euh...* Pardonnez-moi, Docteur, mais ce n'est pas moi ça, je n'ai jamais...

— Ah non ?! Vraiment ?! Vous en êtes sûr ?! Attendez une minute... Awaleh... Awaleh... Awaaaa-leh ? *Ah !* Voilà ! Je vous ai retrouvé ! C'est que j'avais oublié de noter la date, voilà pourquoi ! Donc... Ah oui ! Oui, voilà, je me rappelle ! La dernière fois, nous avions commencé à parler de votre longue convalescence après ce terrible accident dont vous avez été victime peu de temps après votre arrivée dans le sud de la France. Oui, un très grave accident dans une usine, c'est bien cela ?

— Oui, Docteur, c'est ça. J'avais seulement 25 ans quand c'est arrivé et quand j'ai...

— Très bien. Alors, je vous écoute, poursuivez s'il vous plaît, m'interrompit-il, un brin nerveux, en regardant sa montre puis en détachant un bouton de sa blouse.

— Eh bien... je... *euh*... il s'était écoulé pratiquement trois ans depuis que j'étais retourné chez mon cousin Ahmed et sa femme. Un procès était en préparation concernant l'accident de la raffinerie afin de déterminer si la responsabilité de la direction était engagée. Les avocats du syndicat m'avaient assuré que dans le cas d'une négligence avérée, et vu la gravité de mes blessures, j'aurais droit à des réparations financières importantes. Personnellement, j'en doutais fortement en raison de mon statut d'immigré, d'autant plus que, depuis le 27 juin 1977, Djibouti avait proclamé son indépendance.

Bien que je me réjouissais de voir enfin mon pays accéder à sa pleine souveraineté, cette nouvelle

Une journée au bord du grand ravin

m'avait aussi plongé dans une situation encore plus précaire. Avec l'indépendance, ma condition d'exilé devenait encore plus incertaine, car j'avais perdu tous mes droits en tant que ressortissant de l'ancien empire colonial français, notamment en matière de protection médicale.

Depuis mon accident, je n'étais plus tout à fait le même. J'avais encore beaucoup de mal à me déplacer, même avec mes béquilles, et parfois, mon corps ne répondait tout simplement plus. J'étais également en proie à de nombreuses pertes de mémoire ainsi qu'à de très violentes migraines, accompagnées de convulsions incontrôlables. J'avais alerté plusieurs fois les médecins de l'hôpital concernant les tonnes de médicaments que j'ingurgitais chaque jour et qui, j'en suis certain aujourd'hui, me rendaient encore plus malade... Mais, non ! Pour eux, tout était normal !

Marianne, la femme de mon cousin, se plaignait de plus en plus de ma présence. Je la comprenais, et cela, paradoxalement, ne faisait qu'accentuer mon malaise. Je ne pouvais pas lui en vouloir car elle devait supporter mes crises, ces journées interminables où je ne faisais que dormir ou tourner en rond dans l'appartement. À cela s'ajoutait le travail supplémentaire que je lui imposais chaque matin : changer mes draps et nettoyer mon espace de vie.

En plus de tout cela, Ahmed et elle se disputaient fréquemment à mon sujet, ce qui ne faisait qu'aggraver mon sentiment de culpabilité. Un jour, d'ailleurs, alors que je revenais d'une courte balade au pied de l'immeuble et m'apprêtais à ouvrir la porte de l'appartement, j'entendis l'écho d'une de leurs violentes disputes :

— Il ne peut plus rester ici, Ahmed ! Il-NE-PEUX-PLUS ! C'est plus possible ! Tu sais ce qu'il a fait hier matin pendant que je préparais le repas de Jasmine ? Il a fait une crise et a vomi dans toute la cuisine ! Dois-je vraiment supporter ça, Ahmed ?! Et pas plus tard que tout à l'heure, juste avant que tu ne rentres de la raffinerie, il s'en est même pris à ta propre fille, hurlant sur elle comme un fou furieux tout en jetant sa trousse de crayons par la fenêtre alors qu'elle lui avait simplement demandé de lui apprendre à dessiner un éléphant ! J'en peux plus !!

Une journée au bord du grand ravin

J'EN PEUT PLUUUS !! IL DOIT PARTIR !! Et en plus, avec tous les frais pour la construction de la maison, nous n'avons pas les moyens de continuer à l'héberger et à le nourrir, et ça tu le sais très bien !

— Marianne, ne me demande pas ça, s'il te plaît ! C'est mon cousin ! ma famille ! mon sang ! Imagine un peu ce qu'il a subi en peu de temps : son fils Hakim qui n'avait que trois ans, sa femme Hasda qui... qui était enceinte ! Allah y rahma ! Et presque au même moment, cet accident terrible à la raffinerie !

— Oui, oui, je compatis sincèrement, crois-moi ! Mais moi, je suis ta femme et la mère de ta fille ! Je suis celle avec qui tu t'es engagé en signant l'acte de mariage, et je te rappelle que tu as le devoir de ne pas porter atteinte à mon intégrité psychologique ! Et là, c'est le cas ! J'en peux pluuus ! Stop, Ahmed ! STOOOP !!

— Ahhhh... nous y voilà ! Mais tu n'es pas ici à plaider dans une de tes affaires de contentieux, Marianne ! Ici, ce n'est pas le tribunal, et Ayoub n'est pas l'accusé !

— Je m'en fous !!!! Je te le répète une dernière fois : il est hors de question qu'il passe une semaine de plus ici ! C'est lui ou moi, Ahmed !!! lança-t-elle en attrapant les clefs de sa voiture puis en sortant de l'appartement en claquant la porte.

Je me souviens très bien de cette journée, car c'est aussi ce jour-là qu'Ahmed m'annonça que je ne pourrais plus rester chez eux :

— Ayoub mon frère, pardon... je... je dois te dire quelque chose... je n'ai pas... tu sais, avec Marianne... bafouilla mon cousin en s'asseyant à côté de moi sur une des chaises du balcon.

— Je sais déjà. Ne t'inquiète pas. Je comprends très bien. De toute façon, ça ne peut pas durer éternellement cette situation. Il faut que je parte.

— Yayou, je t'ai trouvé un foyer de vie pas loin de Marseille, qui s'appelle « La Bergerie ». J'ai parlé avec le directeur du centre hier soir et je lui ai expliqué la situation. Il est prêt à t'accueillir pour au moins deux mois, pour commencer. Ce sont des gens très bien, tu verras ! Des *Kirisitaanoota* [8], des

---
[8] « Chrétiens » en langue afar.

Une journée au bord du grand ravin

gens qui ont du cœur ! Nous avons rendez-vous samedi matin pour t'y installer, enfin si... si tu veux bien, bien sûr. Je viendrai te voir souvent...

— Inch'Allah... inch'Allah ! Oui, je sais.

—Tiens, c'est tout ce que j'ai pu rassembler comme argent, dit-il en me tendant une enveloppe pliée en deux tout en rajoutant : « Ça te permettra de tenir quelque temps ! Inch'Allah ! ».

Au début du mois d'octobre 1977, quelques jours après être arrivé au foyer, je commençais à prendre mes repères...

L'endroit était paisible, à l'écart de la ville, dans un petit hameau situé à quelques kilomètres du splendide village d'Allauch. Les autres résidents de la communauté, au nombre de neuf, étaient tous des hommes, souvent étrangers, des écorchés de la vie, d'anciens prisonniers repentis ou encore des miraculés comme moi.

La Bergerie était un foyer géré par l'association franco-belge « Le Bon Samaritain », une communauté solidaire créée en 1951 par un certain Augustus di Franelli, un prêtre jésuite italien défroqué dont on ne connaissait pas grand-chose (pour ne pas dire rien du tout !).

Le responsable des lieux était lui-même un ancien taulard devenu aumônier militaire durant la guerre d'Indochine. Il s'appelait Richard Vanberdögen, mais les gars d'ici lui avaient donné le surnom de Rocky, en référence au célèbre boxeur américain Rocky Marciano. Dans sa jeunesse, il avait été triple champion de boxe de Belgique dans la catégorie poids plumes en 1946, 1947 et 1949. Rocky était un homme âgé de 64 ans. De petite taille, sec comme une tige de fer, il avait de longs cheveux poivre et sel attachés en queue de cheval, et les bras couverts de tatouages, dans un méli-mélo de pin-up sexy, de têtes de mort et de croix entrelacées de roses.

L'association s'occupait de diverses activités, notamment l'entretien et la réhabilitation de logements pour des personnes âgées, des familles aux revenus modestes ou encore des personnes en situation de handicap. Le travail ne manquait pas. Toute la semaine, les compagnons sillonnaient les alentours de Marseille en camionnette pour récolter, dans les entreprises ou chez des particuliers, toutes

Une journée au bord du grand ravin

sortes de matériaux afin de les réutiliser dans les chantiers ou encore du mobilier, des appareils électroménagers et toutes sortes d'objets usagés à réparer. Pour ma part, comme je me déplaçais péniblement et que je ne pouvais certainement pas porter d'objets lourds, Rocky m'avait proposé de tenir un registre destiné à répertorier tous les objets, leurs lieux de collecte, leur état, etc. Étant plutôt habile de mes mains, j'aidais également de temps à autre dans l'atelier pour restaurer quelques meubles ou pour réparer des objets en tout genre, ce qui me permettait en même temps de gagner un peu d'argent.

Mon cousin Ahmed m'appelait souvent et il passait me voir quand il avait quelques jours de repos. Ensemble, nous allions nous balader à Allauch et parfois à Marseille, au bord de la mer. Quand il venait au foyer, j'aimais lui montrer mes dernières restaurations. Parmi celles-ci, il y avait un ancien fauteuil de style un peu rococo que j'avais entièrement remis à neuf, et dont j'étais, il faut bien le dire, très fier !

Au bout de quelques mois passés à la Bergerie,

j'avais l'impression que nous étions devenus une famille ; une famille d'indésirables et de naufragés de la vie, dont le bateau était sous le commandement d'un ancien champion de boxe, un taulard repenti qui connaissait sur le bout des doigts des centaines de versets bibliques... Ainsi, dans ce navire échoué sur les collines d'Allauch, nous nous sentions un peu rassurés et je me disais parfois que, peut-être un jour, nous serions à nouveau capables d'affronter les lames de fond de l'existence...

Le silence des lieux était propice à la reconstruction mentale et à la lecture. C'est d'ailleurs au cours de cette période que je fis un peu plus connaissance avec les grands auteurs français : Hugo, Camus, Malraux, ou encore Céline (pour ne citer qu'eux). J'avais même aménagé un coin lecture près de la salle de séjour avec des livres offerts par des particuliers. En peu de temps, j'avais réussi à collecter pas loin de 500 ouvrages très variés. Nous étions essentiellement deux lecteurs au sein du foyer : Rocky, passionné par les polars, et moi, qui dévorais à peu près tout ce qui me passait entre les mains, du roman aux livres d'histoire, en passant par les ouvrages scientifiques ! Cette petite biblio-

Une journée au bord du grand ravin

thèque, c'était aussi pour moi une façon de rendre hommage à mon vieil ami Gaston-Émile Gourdiot, dont j'avais appris le décès récent par mon cousin.

Au foyer, je partageais ma chambre avec Andreï Avramov, un type aux premiers abords un peu naïf, mais toujours de bonne humeur et d'une grande gentillesse. Andreï, dont nous avions récemment fêté les cinquante ans (et quelle fête !), était un colosse bulgare de près d'1m95 pour au moins 130 kg, avec, chose surprenante, une toute petite voix fluette. Quand il s'adressait à nous, et qu'il peinait à se faire comprendre, il finissait souvent par s'énerver et tentait alors de mimer les mots, s'agitant dans tous les sens comme une marionnette géante. Cela provoquait, à tous les coups, d'interminables fous rires au sein du groupe !

Un peu comme moi, Andreï était aussi un miraculé de la vie. Je me souviens qu'un soir, alors que nous faisions une partie de cartes dans la chambre, il s'était confié à moi, avec beaucoup d'émotion et dans un langage pas toujours facile à décrypter. Il m'avait raconté qu'avant d'arriver en France, il avait travaillé pendant près de vingt-cinq ans dans une porcherie espagnole. Sortant de son sac à dos un paquet de photos et de coupures de presse attachées par un élastique, il m'avait expliqué l'enfer qu'il avait vécu là-bas...

Dans les années 50, alors qu'il avait tout juste 24 ans, il avait été embauché par un vieux couple dans une porcherie familiale à l'est de Madrid, dont l'enseigne « *Carne de Valiente & Hijos* » avait rayonné, à l'époque, sur toute la péninsule ibérique. Avec son dialecte bien à lui (un mélange de yaourt bulgare, de crème anglaise, avec un soupçon de Français), il m'avait raconté que, n'ayant pas de papiers en règle, il avait dû accepter leur proposition, en échange du gîte et du couvert et d'un salaire plus que misérable. Le couple et leurs trois fils, étaient des individus sournois, avares et cruels, et de surcroît de fervents partisans de Franco ! Ils l'exploitaient sans pitié, le faisant travailler comme un forçat près de vingt heures par jour, parfois même plus ! Pour 15 malheureuses pesetas par jour, il nettoyait la porcherie, donnait à manger aux cochons, et passait son temps à récurer leur merde.

Une journée au bord du grand ravin

Andreï poursuivit son récit en m'expliquant qu'un après-midi d'hiver, le chef de famille, Pedro Dominguez de Valiente, l'accusant sans aucune preuve d'avoir volé sa caisse de recettes mensuelles, lui avait tiré, sans sommation, un coup de chevrotine en plein dos, alors qu'il tentait simplement de fuir à la vue du fusil. Après un long soupir, il souleva sa chemise et me montra sur son dos ce qui ressemblait, sans nul doute possible, à un impact de balle. Il acheva son récit en s'exclamant dans son dialecte : « Ce familia, c'est très beaucoup shitty ! Très beaucoup losh, my friend! ».

Son histoire me bouleversa, et nous devînmes par la suite de véritables amis.

L'ambiance générale du foyer était apaisée et chaleureuse. À La Bergerie, j'avais désormais un toit sur ma tête et je mangeais à ma faim. De plus, j'avais de moins en moins de crises et de pertes de mémoire, et je commençais, tant bien que mal, à m'habituer à ce nouveau corps bourré de ferrailles. Tout se passait donc au mieux... oui, mais jusqu'au jour où :

— *Toc ! Toc ! Toc !* Gendarmerie nationale !

Régis Guenerie & Jérémie Dessertine

TOC ! TOC ! TOC !!! Ouvrez la porte ! Gendarmerie nationale, ouvrez !

C'est alors que Geoffrey, l'un des plus anciens résidents du foyer, ouvrit la grande porte en bois qui donnait sur la cour principale. Portant encore ses lunettes de protection sur le nez et son bleu de travail couvert de sciure, il s'adressa aux gendarmes d'un air inquiet :

— Bonjour, messieurs. Que se passe-t-il ?

— Bonjour. Nous avons un mandat d'arrêt contre M. Richard Eliot Vanberdögen. Est-il ici ?

(*Je m'interrompis brusquement, et un long silence envahit la chambre...*)

— Et que s'est-il passé ensuite ? demanda le Dr Cawlings, qui avait posé son stylo sur son carnet de notes, surpris que j'aie interrompu mon récit à ce moment-là.

— Une semaine plus tard, *Kof ! Kof !* nous avions tous dû quitter La Bergerie... et... *kof ! Kof ! Kof !* Je crois que... enfin j'ai... excusez-moi... *kof! Koooof !!!*

Une journée au bord du grand ravin

— Tenez, voici un verre d'eau. Monsieur Awaleh, puis-je me permettre de vous demander la raison de l'arrestation de M. Vanber... *euh...* Rocky ?

— Eh bien, c'est une bien sombre histoire... D'ailleurs, à La Bergerie, nous n'avons pas su tout de suite les motifs de son interpellation. Pour ma part, je l'ai lu bien plus tard dans la presse locale, alors que j'étais parti vivre à Marseille. L'article parlait d'un sordide trafic d'organes d'enfants issus, je crois, des quartiers pauvres de Calcutta. Selon le journal, Rocky aurait eu des liens avec un réseau de la pègre marseillaise, qui organisait des ventes clandestines au profit de vieux millionnaires venus des États-Unis et du Japon... *Pfff !* Moi, je n'y ai jamais cru ! Pas Rocky, pas lui ! Balivernes !!! C'est aussi, à peu près au même moment, que j'appris, toujours par la presse, le verdict du procès lié à l'accident de la raffinerie survenu quatre ans auparavant (procès qui avait au demeurant été plusieurs fois reporté et pour lequel j'avais renoncé de participer). Les avocats du syndicat qui représentaient les familles endeuillées et les victimes de l'accident, dont moi-même, avaient déposé une plainte pour grave négligence de sécurité et homicide involontaire, et réclamaient pas loin de 1,5 million pour les blessés, 3 millions pour moi et près de 6 millions de francs pour chaque famille endeuillée. Bien évidemment, comme je m'y attendais, le procès ne fut qu'une immense mascarade, car les puissants lobbys pétroliers, associés à l'État, avaient trouvé le moyen d'acheter littéralement la justice !

— Je vois... murmura le docteur, un peu dubitatif. Donc après avoir quitté La Bergerie, vous êtes allé vivre à Marseille c'est bien cela ?

— Oui.

— Une ville que je connais très bien ! Figurez-vous que c'est là-bas que j'ai eu l'honneur de soutenir ma thèse en psychologie neuro-ondulatoire avec l'éminent Professeur Benjamin Hanz. Ah ! Marseille ! Une ville étonnante, n'est-ce pas ?!

— Oui, une ville surprenante et unique en son genre. Donc... *euh*... où en étais-je ? Ah oui... Après avoir quitté La Bergerie en novembre 1985, Andreï,

Une journée au bord du grand ravin

qui connaissait très bien Marseille, me proposa de l'accompagner dans un centre pour sans-abris qu'il avait fréquenté quelques années auparavant et qui se situait dans le quartier de Bougainville. L'endroit était vraiment miteux et malfamé, mais c'est tout ce qui existait à l'époque pour des gens comme nous... De plus, il était impossible de dormir dehors, car nous étions fin novembre, et cette année-là, les températures avaient approché zéro dans la cité phocéenne.

J'ai passé près de trois ans dans ce qu'il faut bien qualifier de véritable sac à merde ! De toute ma vie, je n'avais encore jamais vu un endroit aussi dégueulasse et puant ! Même pas dans les pires « townships » de Khartoum ou de Djibouti ! Tout au long de cette période, mon cousin passait me voir régulièrement, essayant à chacune de ses visites de me ramener avec lui à Martigues, mais je refusais systématiquement, ne voulant pas créer à nouveau des problèmes au sein de son foyer...

Deux ans après, au début du mois de janvier 1987, Andreï décida de repartir chez lui en Bulgarie, lassé et dégouté, disait-il, par ce « Pays de stari kurvi ! »

(ce pays de vieilles putains, ou quelque chose dans ce goût-là). Je perdais là un ami, un confident et un soutien, un véritable frère ! Quelques jours après son départ, ce fut mon tour de quitter cet abject cloaque.

Après mon séjour au foyer de Bougainville, j'ai passé une dizaine d'années, peut-être davantage, à dormir dans les rues de Marseille et, durant les périodes de grand froid, dans quelques squats à la périphérie de la ville...

La suite de mon histoire, je pense que je pourrais facilement la qualifier de descente aux enfers ! Une sorte de plongée sous-marine dans des eaux troubles et glaciales... une plongée lente, sans paliers de décompression, dans les fosses abyssales de mon inconscient...

À cette époque, je vivais comme un vagabond, un derviche des villes, traînant avec moi mes gros cabas en plastique rayé et ce caddie bleu à roulettes qu'Andreï m'avait laissé. Dessus, on pouvait voir le dessin d'un vieux blues-man avec son chapeau et sa guitare, accompagné d'une bulle de BD qui disait

Une journée au bord du grand ravin

« It's a long, long way from Home! ». Accrochés en bandoulière, j'avais également quelques objets fétiches : un vieux walkman rafistolé avec lequel j'écoutais la radio et les cassettes que j'avais gardées du Soudan, mes précieux carnets à dessin, et mon pote « Furby ». Toute ma vie tenait alors dans ces quelques affaires et je n'avais pas...

— *Euh...*Furby ?! Mais qu'est-ce que c'est ? Enfin, je veux dire : qui est-ce ? me demanda le docteur qui s'amusait en même temps avec le clapet de son téléphone portable.

— Furby, c'est une petite peluche avec de gros yeux globuleux et un bec d'oiseau. Une sorte de jouet robotisé qui fonctionne avec des piles et qui parle avec une toute petite voix aiguë, un peu comme ça : « *Kia ! Kia ! Kiakiakia !!!* ». *(Le docteur eut, à ce moment-là, une expression à la fois perplexe et amusée).* C'était très à la mode à l'époque ! Je l'ai même gardé avec moi jusqu'à aujourd'hui! Regardez, il est assis là-bas, tranquillement posé sur la table, à côté du téléviseur ! Bon, il marche plus très bien maintenant... Ah, sacré vieux Furby ! On en a vécu des aventures tous les deux, hein ?!

— Je vois, je vois... C'est très intéressant tout ça... enfin, c'est assez inhabituel, je dirais. Excusez-moi, Monsieur Awaleh, j'attends un coup de fil important mais je vous écoute avec attention... répondit le docteur qui de toute évidence n'écoutait plus rien, visiblement plus intéressé par son téléphone.

— D'accord. C'est un enfant qui...

— Quelle merveille tout de même ces téléphones portables ! La technologie progresse à une vitesse folle ! J'ai même internet dessus, regardez ! Vous voyez ! Mais pardon, je vous ai coupé la parole. Je vous en prie, continuez, continuez...

— C'est un enfant qui me l'avait donné. Je m'en souviens très bien parce qu'il ressemblait comme deux gouttes d'eau à... à mon... mon fils Hakim. Son geste m'avait beaucoup touché, car à ce moment-là, j'étais plongé dans de bien sombres pensées. Ce petit garçon, qui était accompagné de sa mère, m'avait tendu la peluche en me disant : « Tiens monsieur, je te donne mon Furby, je sais que t'en as plus besoin que moi ! C'est ton copain à toi

Une journée au bord du grand ravin

maintenant ! ».

Je me souviens aussi, qu'avant de prendre la peluche, j'avais regardé la mère de l'enfant, comme pour attendre son approbation ; elle avait hoché la tête avec un grand sourire.

Mon Furby me tenait compagnie. Je lui parlais et il me répondait dans cette langue qui m'amusait beaucoup et que je comprenais presque par moments...

— Courir à gauche, *hips !* Courir à droite ! Allez, allez ! Et surtout, *hips !* Suivez bien les flèches ! *Baaah !* Les gens passent leur temps à courir ! Courir ! Mais, *hips,* ils courent pour aller où, hein ?! Moi, je vais te dire mon p'tit Furby... Moi... *hips...* je préfère rester ici, sur ce banc, à nourrir les pigeons avec toi et mon cubi de... *hips...* mon cubi de Baron ! *Hey oh,* Furby ! Tu m'écoutes... *hips...* quand j'te cause ?!

— *Kia ! Kia ! Kia ! Kiakia !! Kia ! Kiakiakia !!*

— Bah oui ! Ça, c'est bien vrai ! T'as pas... *hips...* tort ! *Gloups ! gloups ! gloups !*

Les moments où je n'avais pas de piles, il restait là,

silencieux, avec ses gros yeux fixes et globuleux. D'autres fois, je me disputais avec lui, et quand il « kiakiatait » de trop, je le jetais à terre, l'insultais et lui donnais même des baffes. Mais bien souvent après, je regrettais mon geste...

L'enchaînement de ces « coups du sort » n'avait fait que pousser encore plus loin un tempérament déjà propice à l'imaginaire. Plus que jamais, la création était devenue un refuge pour moi ; la seule chose qui me permettait encore de m'accrocher à la vie. Je passais donc mes journées, et parfois mes nuits, à dessiner et à écrire. Dans les poubelles de la ville, en plus des quelques denrées encore comestibles, je récupérais des revues publicitaires, des bouts de carton et toutes sortes d'objets et de matériaux pour confectionner des carnets de croquis. Je dessinais et peignais, avec des bouts de craie, des fonds de café ou de vin rouge. Et quand j'avais un peu d'argent, je me payais le luxe de m'acheter un peu d'encre et quelques crayons... Et bien sûr, pour accompagner tout ça, je m'envoyais dans le gosier une bonne piquette, un bon vieux « Baron de Valastor » ou encore une ou deux bouteilles d'« Eau-des-morts »

Une journée au bord du grand ravin

(un tord-boyaux qui se vendait 2 francs à l'époque sur le marché noir et qui était fait à base de sucre, d'eau de Cologne et de vinaigre blanc).

Avec l'alcool, mes crises, qui s'étaient calmées durant mon séjour à La Bergerie, avaient repris de plus belle. Je ne prenais plus aucun traitement, juste occasionnellement quelques antidouleurs que me fournissait, en plus de quelques vivres et vêtements, un centre de la Croix-Rouge situé dans une petite ruelle, non loin de l'hôtel de ville.

Certains jours, je me réveillais à l'hôpital, en pleine journée, sans savoir ce qui s'était passé. On me racontait alors que j'avais perdu connaissance et que j'étais tombé en plein milieu de la rue. D'autres fois, je me retrouvais en cellule au commissariat, et quand je demandais aux policiers la raison de mon arrestation, ils me répondaient en évoquant des comportements agressifs et les troubles à l'ordre public que j'avais causés. Parfois même, les agents ne disaient rien et rigolaient simplement en se moquant de moi avec leurs insultes racistes : bougnoule, macaque, bamboula... La plupart du temps, je ne comprenais même pas comment j'avais pu atterrir là. D'ailleurs, j'ai comme ça, des pans entiers de cette période de ma vie dont je ne me souviens de rien... d'absolument rien !

Durant ces années d'errance, j'étais aussi en proie à de fréquentes hallucinations...

En pleine journée, il m'arrivait d'apercevoir d'étranges silhouettes mouvantes qui se fondaient au milieu de la foule. Prenant l'apparence de mystérieuses créatures embryonnaires à l'abdomen translucide, elles me suivaient en glissant sur le sol, telles des projections holographiques. À d'autres moments, tapies en haut des immeubles pour mieux m'épier, elles se métamorphosaient en d'affreuses gargouilles aux corps rachitiques et aux dents acérées.

Une fois encore, lors d'une manifestation de « SOS racisme » au centre-ville de Marseille, j'ai même cru voir ma femme et... je crois qu'avec elle c'était... je crois que c'était mon fils Hakim ! Ils me souriaient tous les deux, immobiles au milieu du cortège. Ils étaient enveloppés par une sorte d'aura et portaient de magnifiques parures faites de paille finement tressée, de coquillages et de perles de verre. Aujourd'hui encore, je me demande si tout cela n'était pas réel...

Une journée au bord du grand ravin

— Monsieur Awaleh, tout va bien ? demanda le Dr Cawlings, voyant mon visage comme figé, les yeux rivés sur le plafond de ma chambre.

Je ne répondis pas et me contentai seulement de poursuivre mon récit :

— Au cours de cette période, j'ai également fait des rencontres pour lesquelles, là encore, je me pose des tas de questions...

Un jour, je crois que c'était en hiver... oui, je m'en souviens maintenant, c'était en plein mois de décembre car il neigeait à ce moment-là. C'était même la première fois de ma vie que je voyais de la neige ! Ce jour-là, donc, alors que je cuvais mon vin sur un banc près du Vieux-Port, je fus interpellé par un homme habillé en costume noir qui portait un attaché-case. Je m'en rappelle très bien, car cet intrigant personnage m'avait donné l'impression qu'il sortait tout droit d'un film de Kurosawa ou de Tarkovski ! Il avait un visage inexpressif et pâle, avec un badge épinglé sur son veston où il était écrit « Free Knowledge Society[9] ». J'ai longtemps cherché des informations sur cette association,

---
[9] Société du libre savoir.

entreprise, secte ou je ne sais quoi ! Mais sans succès. Aucune trace ! RIEN !

Après s'être assis à côté de moi, l'homme commença à me parler en anglais, une langue que je maîtrisais parfaitement. Nous eûmes alors une discussion des plus troublantes :

— Bonjour, monsieur. Parlez-vous anglais ?

— Oui, of course... *hips*.

— Je me présente. Je m'appelle Matthew Sandock, je viens de la ville de Aiken, en Caroline du Sud, aux États-Unis. Monsieur, puis-je vous poser une question ?

— Oui... *hips*, bien sûr.

— Avez-vous déjà entendu parler de l'arrivée du grand guide cosmique ?

— Guide quoi ?! Non... *hips*, connais pas ! Mais, je te *hips* ! je te préviens c'est pas la peine de... *hips* ! perdre ton temps avec moi car j'ai mes propres croyances... I am Muslim and I am fier de *hips,* fier de l'être! C'est en Allah et son messager Muhammad *sallallahu alaihi wasallam*[10] que je

---
[10] "que la paix et les bénédictions d'Allah soient sur lui"

Une journée au bord du grand ravin

place toute ma confiance. Je n'ai besoin de... *hips* rien, ni de personne d'autre ! Personne ! Nobody ! *Hips !*

— Eh bien, monsieur... Dans ce cas, puis-je me permettre de vous poser une seconde question ?

— Oui, oui... vas-y mon... *hips*... frère ! Pose ta hips, pose ta question !

— Dans ce lieu vers lequel vous vous apprêtez à voyager, loin d'ici, au-delà du grand ravin, êtes-vous vraiment certain que votre Dieu vous aidera ?

— Le grand quoi ?! Mais de quoi tu m'parles ?!! Mais, putain ! *hips*... t'es qui toi au juste ?! T'entends ça mon Furby ?! « Kiakia-kia-kiakiakiakia ! », le gars, c'est un... *hips*, c'est un genre de... *hips*, un genre de prédicateur! Oh là là !

— Désolé Ayoub, mais je dois partir maintenant !

— Quoooi ?! Mais comment tu... *hips*... comment vous connaissez mon nom ?! Qui... qui vous a... *hips*... qui vous a dit comment je m'appelais ?! Qui vous êtes, bordel ?!!

— Tenez, prenez cette lettre et lisez ce qu'il y a à

l'intérieur. Vous devez vous préparer, car le grand alignement est proche ! Préparez-vous, Ayoub... préparez-vous !!

Après avoir prononcé ces derniers mots, l'homme se leva brusquement du banc et, en se retournant, m'exposa le côté droit de sa tête, jusqu'alors caché. Pris d'effroi, je sursautai en réalisant que cette partie de son crâne était dépourvue de cheveux, comme irradiée !

Étrangement, je crus les moindres détails de cette histoire pour le moins délirante ! À vrai dire, je pense qu'à ce moment-là de ma vie, j'aurais été capable de croire n'importe quoi.

Ensuite, il y eut la rencontre avec la vendeuse de...
(Je m'arrêtai net de parler en voyant le Docteur gribouiller nerveusement sur son bloc-notes tout en tenant son téléphone à l'oreille).

— Je vous en prie, poursuivez... poursuivez..., dit-il d'un air agacé en faisant un geste de la main.

— Oui, alors... *euh*... au cours de l'année 1998, j'ai été accueilli par une association qui travaillait

Une journée au bord du grand ravin

en lien avec les locaux de la Croix-Rouge que je côtoyais à Marseille. Une assistante sociale qui s'appelait Bénédicte Nguyen, une personne admirable et très humaine, me prit en quelque sorte sous son aile et réussit à me placer dans un foyer de vie, près de la ville de Valence.

C'était un lieu avec un confort tout à fait correct, des activités diversifiées, un personnel plutôt bienveillant et un suivi psychiatrique adapté. Je m'y sentais bien. J'y suis resté une année, mais malheureusement le centre a dû fermer faute de subventions...

Ensuite, j'ai passé une partie de l'année dernière, à enchaîner une série de courts séjours dans différents foyers et centres psychiatriques, aux alentours de la région lyonnaise, pour finir ensuite ici, à Pinel. Voilà, Docteur...

— Monsieur Awaleh, ce que vous me racontez là est... *hum,* comment dire... tout à fait éclairant ! Je comprends beaucoup mieux votre état psychique général. Nous progressons ! Nous progressons, vraiment ! J'aimerais maintenant, si vous me le permettez, revenir un peu sur votre accident et le traumatisme qu'il a provoqué chez vous et qui a...

— *De-Dou-Dou-Dou !!! De-Da-Da-Da !!! (le téléphone du docteur se mit tout à coup à sonner).*

— Oui, allô ? *Ahhhh !* Eliane, enfin ! Oui ! oui ! Très bien, c'est parfait ! Je suis justement avec le patient dans sa chambre, au 2e étage du bâtiment C, c'est la chambre numéro 27. On t'attend !

— Monsieur Awaleh, le mois dernier, je vous avais parlé d'une nouvelle forme de thérapie révolutionnaire dont nous sommes très fiers ici, à Pinel, vous vous rappelez ?

— *Euh...* non, Docteur, je ne me souviens pas d'avoir eu cette conversation avec vous... non, vraiment pas.

— Ce n'est pas grave. Voyez-vous, nous sommes parmi les premiers en France, que dis-je, en Europe ! À travailler en coopération avec l'INVIC (Institute of Neuroscience and Virtual Imaging of California)[11], s'exclama-t-il d'un ton grandiloquent.

— Non, tout ça ne me dit vraiment rien... Mais en quoi ça me concerne, Docteur ? Je ne comprends

---
[11] L'Institut de neuroscience et d'imagerie virtuelle de Californie.

Une journée au bord du grand ravin

pas.

— Ça n'a pas d'importance. Vous avez probablement oublié à cause de votre traitement et de vos pertes de mémoire. Pourtant, vous aviez l'air vraiment enthousiaste la dernière fois que nous en avons parlé ! Vous avez même signé un accord préalable qui prévoit trois séances, ou pour être plus précis trois phases, qui correspondent chacune à trois niveaux de reconstruction mentale. Nous avons tous les documents au secrétariat, si vous voulez vérifier...

— Quoi ?! Mais... mais comment ça ?! J'ai signé quoi ?! Mais non je... je vous assure, Docteur, vous faites sûrement une erreur de patient !

— Monsieur Awaleh, calmez-vous et laissez-moi vous expliquer...Voyez-vous, nous sommes en contact depuis près d'un an avec une entreprise lyonnaise appelée VIRTUAⓜMED qui collabore étroitement avec l'INVIC. Ma collègue, Mme Dalfreizir, que je me plais à qualifier de technothérapeute, vient justement d'arriver à l'hôpital ; c'est avec elle que je parlais à l'instant au téléphone...
Pour simplifier, nous avons développé ensemble

une simulation informatique à visée thérapeutique et nous sommes persuadés que ce programme innovant peut vous aider à vous sentir mieux, notamment en agissant sur le contrôle de vos angoisses et peut-être aussi sur le...

(*Toc ! Toc ! Toc !*)

— Ah, la voilà ! Entre, Éliane, je t'en prie ! Tu as fait bon voyage ?

— Bonjour, Barry. Oui, désolée pour le retard, il y avait un gros bouchon sur l'A6, répondit-elle, encore essoufflée.

— Ce n'est pas grave, ne t'inquiète pas ! voilà, je te présente monsieur Awaleh. Il est originaire de Tanzanie et il est parmi nous depuis... c'est votre première année à Pinel, n'est-ce pas ?

— *Euh...* oui, c'est ça, mais... mais je ne viens pas de Tanzanie. Je suis originaire de Djibouti, la Tanzanie c'est plus au sud, du côté de la...

— *Ahhhhh !!!* Je vois que tu as rapporté la bête ! *Ah ! Ah ! Ah ! s*uper ! tu m'as dit hier au téléphone que c'est une nouvelle version, c'est bien ça ? s'exclama le Dr Cawlings en se frottant les mains,

Une journée au bord du grand ravin

sans même avoir pris la peine de m'écouter.

— Oui, c'est une nouvelle version du casque VR. PHANTOM que j'avais déjà présenté l'année dernière, au salon Technikal de Genève, tu t'en souviens ? répondit-elle tout en sortant d'une énorme valise ovale un casque intégral en acier noir brillant. Des dizaines de câbles translucides y étaient fixés et lui conféraient l'apparence d'une chevelure étrange et futuriste.

— Oui, bien sûr ! Comment pourrais-je oublier ! Quel succès ! Alors, dis-moi un peu, quelles sont les améliorations que vous avez apportées avec VIR-TUAMED ?

— Eh bien, celui-ci, c'est la version DELTA+, nous l'avons appelé le VR.PHANTOM.GALAXY. C'est encore un prototype, mais la grande nouveauté, c'est qu'il dispose d'un connecteur neuronal qui interagit directement avec les souvenirs et les émotions du suj... *euh*, du patient je veux dire. Il est également équipé d'un tout nouveau logiciel qui a la capaci...

— Stop ! Stooop !! Excusez-moi, mais c'est quoi

tout ce cirque ?! Je veux sortir d'ici ! Nadine!!!!! Où est Nadine ?! Nadine! Appelez-moi Nadine, tout de suite ! Nadiiiine !!!

— Monsieur Awaleh, calmez-vous.

— Mais je suis calme, je suis très caaalme !! Nadiiiine !!!

— Détendez-vous et concentrez-vous un peu, s'il vous plaît ! Essayez un peu de coopérer, c'est important ! Tout ce que nous faisons est pour votre bien ! Tout va bien se passer, ce n'est qu'une simple expérience immersive, vous verrez ! Monsieur Awaleh, vous n'imaginez pas la chance que vous avez ! Vous êtes le tout premier patient à pouvoir bénéficier de cette technologie d'avant-garde ! Ne vous inquiétez pas, c'est totalement indolore et sans aucun risque, n'est-ce pas Éliane ?

— *Euh...* oui... oui, tout à fait ! Nos équipements sont totalement sécurisés. Ce nouveau modèle de casque a d'ailleurs été conçu avec un procédé inédit que l'on appelle, dans le jargon scientifique, un « impulseur d'ondes quantiques ». La luminescence est par ailleurs très faible, donc rassurez-vous pour

Une journée au bord du grand ravin

vos yeux... vous ne sentirez rien, aucune gêne, aucune douleur. Je vous le promets ! répondit-elle en ouvrant l'écran de son ordinateur tout en y branchant un énorme câble.

— Vous voyez ! Monsieur Awaleh, vous savez bien que nous prenons grand soin de nos patients ici, à Pinel ! s'exclama le Docteur Cawlings en me tapotant l'épaule, tandis qu'un infirmier entrait dans la chambre.

— Mon cul, ouais ! Non ! C'est pas possible je... j'ai ma séance de kiné qui doit commencer dans cinq minutes ! Je peux pas... je dois... Non ! Vous me mettrez pas ce truc sur la tête ! J'ai rien signé ! Vous êtes des malades !! Rrrrrr !! Raaahhhh !!

— Calmez-vous ! Calmez-vous ! Joackim, aidez-moi à l'immobiliser !

— Lâchez-moi, bande de fils de pute ! Lâchez-moooi !! Qui êtes-vous !? Qui vous envoie ?!! Nadiiine !!

— Éliane, passe-lui une de tes playlists zen, celle avec des oiseaux et des bruits de cascades, ça nous facilitera un peu la tâche, parce que là, pfffff !!!

chuchota le docteur à l'oreille de sa collègue.

— Oui, bonne idée...

— Attendez, je vais vous donner un petit tranquillisant et ça ira mieux. Voilà, ne bougez plus... comme ça, c'est parfait ! dit-il tout en injectant une dose de sédatif dans mon cathéter. Essayez de vous détendre un peu maintenant, voilà, voilà... c'est ça, c'est bien, c'est très bien !

— Allez, Éliane, on y va ! c'est le bon moment ! Attends, je t'aide à lui placer le casque... Et voilà ! *Brrrr!!!* Mais quel casse-pieds ! Je commence vraiment à douter du choix qu'on a fait avec celui-là ! Je t'avais dit que c'était pas une bonne idée pourtant ! Je pense qu'on aurait dû plutôt prendre la numéro 3, l'ancienne prostituée slovène.

— Oui, peut-être...

— Vas-y, tu peux lancer l'interface, je pense que c'est bon, je lui ai administré une bonne dose, juste assez pour le faire planer un peu... lança le docteur à la femme, suivi d'un sourire complice.

— OK, laisse-moi deux petites minutes, juste le temps de synchroniser le casque avec mon

Une journée au bord du grand ravin

ordinateur et d'activer le connecteur neuronal.

— *Clic! clac! dzit! dziit!* Mais... mais qu'est-ce... mais qu'est-ce que c'est... non ! nooo !! Bande de sa... Qu'est-ce que vous me faites ?! Arrêtez ! *Aaaargh !!!*

— Détendez-vous, Monsieur Awaleh, tout cela est pour votre bien... Vous avez déjà passé le plus dur ! On y est presque ! Vous n'avez plus qu'à profiter du spectacle maintenant ! s'exclama le docteur en même temps que l'infirmier resserrait les sangles autour de mes poignets.

— Nooooooooo !! À l'aideeeeeee !!!

— Et maintenant, déclenchement de la phase 1 du processus ! *Bip... bip... dziiiit!!!* Ça y est, la créature est lâchée ! Yeees !! s'exclama la techno-thérapeute, tout excitée...

À l'instant où ses mots résonnèrent, un écran s'alluma brusquement à l'intérieur du casque. Mais ce n'était pas qu'une projection. J'avais l'étrange sensation que mon esprit était littéralement aspiré dans un autre univers. Les frontières entre ma conscience et ce monde artificiel semblaient se dissoudre, comme si le dispositif puisait dans mes pensées les plus enfouies pour en bâtir les décors...

Immergé dans un paysage virtuel phosphorescent, avec pour toile de fond sonore, un rythme régulier de bottes, semblable à une batterie militaire, les contours flous d'une immense figure assise apparurent soudainement au loin. Lorsque l'image devint plus nette, je reconnus, horrifié, la tête griffonnée que j'avais vue ce matin sur le mur de ma chambre...

L'hideuse créature, à mi-chemin entre l'homme, la chauve-souris et quelque chose d'indiscernable, trônait à présent dans une posture hiératique au sommet d'une dune de cobalt maçonnée d'un sable siliceux et acide. Au loin, la lave visqueuse et incandescente d'un volcan serpentait et crépitait sourdement sous un ciel brun d'où émergeaient, çà et là, des volutes de fumée jaunâtres qui exhalaient une odeur pestilentielle d'éther et d'œufs pourris.

C'est alors que l'infâme bête, brouillée par une série d'interférences vidéo, se leva avec empressement pour se diriger vers une énorme centrale

Une journée au bord du grand ravin

informatique couverte de diodes et de câblages...

Tout en commençant à manipuler le tableau de bord de la machine, elle se tourna vers moi en me fixant du coin de l'œil avec un léger rictus dessiné sur son visage monstrueux. Au même moment, j'entendis à nouveau les voix diffuses et lointaines du docteur Cawlings et de sa collègue traverser l'épaisse paroi du casque, puis elles s'atténuèrent lentement et... plus rien. Plus aucun bruit, ni à l'extérieur, ni à l'intérieur du casque, et plus d'images non plus.

Plongé dans un vide profond, ma tête et mon corps semblaient s'être libérés de la pesanteur terrestre. « C'est sûrement le sédatif qui commence à agir », pensai-je, tandis qu'une agréable sensation de flottement m'envahissait peu à peu...

Quelques instants plus tard, jaillissant du néant tel un soleil nouveau, je vis apparaître une boule de feu géante qui irradiait une lumière rouge éblouissante. Une chaleur écrasante, presque insoutenable, m'assaillit immédiatement, comme si l'air lui-même s'embrasait autour de moi. Enveloppée dans une nuée ardente, elle était transpercée de part et d'autre par l'explosion d'étranges billes de matière noire.

Régis Guenerie & Jérémie Dessertine

De cette réaction en chaîne, semblable à un big-bang, émergea lentement ce qui ressemblait à un livre très ancien, ouvert sur une page d'écriture dont les lignes d'encre ondulaient à la façon d'une écume translucide. En le prenant en main, impatient de découvrir les secrets qu'il pourrait renfermer, j'essayais obstinément de tourner les pages mais elles se consumaient un peu plus à chacune de mes tentatives...

Puis, soudain, comme si le livre lui-même m'avait englouti, je fus propulsé dans un monde parallèle au nôtre, sur une planète qui, j'en suis sûr, n'était pas la Terre. À cet instant, une profonde extase contemplative me submergea devant le spectacle qui défilait tout autour de moi : des paysages improbables, encore jamais observés, imprégnés par des parfums de terres humides, bercés par des chants de femmes à la voix langoureuse...

Envahi par une douce ivresse, je me mis alors en marche, pieds nus, suivant un sentier escarpé de terre argileuse et de roches éparses qui me conduisit directement sur les rivages d'un vaste bras de mer. Et tandis que les chants s'estompaient progressive-

Une journée au bord du grand ravin

ment pour laisser place à de puissantes percussions, semblables à celles d'un forgeron battant le fer, je plongeai, sans la moindre appréhension, dans une eau sombre et vaseuse. Porté par un courant glacial, balisé par des massifs de coraux incandescents, je nageai au milieu d'étranges silhouettes floues et ondoyantes qui émettaient des vocalises proches de celles des cétacés. Ces complaintes envoûtantes résonnaient tout autour de moi et m'attiraient inexorablement vers les abysses...

Dans ce lieu troublant, semblable à un pays sous-marin des morts, tout était aussi sinueux et modulable qu'un rêve. Au fur et à mesure que je descendais, tentant de me frayer un passage entre les algues emmêlées, les images et les sons devenaient de plus en plus nets.

Après un certain temps, ayant atteint le fond de cet océan primitif, je fus déconcerté de voir, tout autour de moi, une immense étendue de terre craquelée, un paysage de savane africaine...

Ici, le ciel de plomb, embrasé d'éclats dorés et assailli par une flottille de nuages rougeoyants, semblait exprimer sa colère... Au loin, niché entre deux grands arbres tortueux et desséchés, j'aperçus un village de cases traditionnelles en briques de terre crue, avec des toits en paille, similaires à s'y méprendre à celles de la région du Bayouda, au nord du Soudan.

En m'approchant de plus près avec une grande vigilance, je pus alors observer cinq vieilles "Jeep" militaires qui s'étaient toutes rassemblées au centre du village. Autour des véhicules, je distinguais nettement les silhouettes d'une dizaine d'hommes en treillis militaires poussiéreux, chaînes en or et amulettes d'ossements et de peaux autour du cou. Ces individus, certainement des mercenaires, me fixaient avec des yeux menaçants et exorbités tout en brandissant des mitrailleuses et de macabres étendards imbibés de sang. Détournant le regard de la scène, saisi par l'effroi, j'entendis tout à coup une puissante rafale de mitraillette qui fit trembler le sol, suivie d'une forte odeur de paille brûlée. L'instant d'après, je vis, sortant d'une case en feu, un homme chauve en guenilles, la tête en sang, hurlant et courant dans tous les sens comme s'il tentait de fuir quelqu'un ou quelque chose. Entrevoyant furtivement son visage, je remarquai avec stupeur qu'il me ressemblait étrangement. Quelques fractions de

Une journée au bord du grand ravin

seconde plus tard, il se volatilisa au loin tel un mirage fuyant, un fantôme happé par le désert... Puis, brusquement, comme s'il y avait eu une panne de courant, l'écran s'éteignit.

Émergeant alors lentement, comme à la suite d'un profond sommeil, je remarquai, à travers la fente en verre du casque, un clignotement lumineux qui se déplaçait à toute vitesse au-dessus de moi. Allongé sur le dos, je sentais mon corps tout entier baigner dans une macération de sueur froide et fétide, tandis que mes membres, aussi raides que des tronçons de bois morts, refusaient de bouger. J'avais également l'impression de ne plus avoir de paupières et que mes yeux avaient été exposés pendant de longues minutes aux rayons du soleil. Péniblement, je relevai la tête, qui semblait peser une tonne, pour tenter de scruter l'espace autour de moi. Mais une panique soudaine me saisit en découvrant que j'avais été sanglé sur ce qui ressemblait à une table d'opération...

Au-delà du casque, je percevais de faibles gémissements, semblables à ceux d'animaux blessés, mêlés à un souffle régulier et mécanique qui me faisait penser aux vagues océaniques s'échouant sur la plage. Dans cette pièce, tout n'était que sons cotonneux, amortis et comme lointains.

Mais quel était cet endroit ? Étais-je encore dans ma chambre ? Impossible de l'affirmer. J'avais l'impression d'avoir définitivement perdu toute notion d'espace et de temps, tout discernement entre réalité et illusion.

Soudain, surgissant en contre-plongée comme d'étranges projections holographiques, deux visages semblèrent se dessiner... Durant un instant fugace, je crus reconnaître les traits du docteur Cawlings et de sa collègue, mais une stupeur glaciale s'empara de moi en réalisant qu'ils n'avaient, en fait, plus grand-chose d'humain ! Communiquant entre eux en émettant de drôles de bruits qui semblaient résonner de l'intérieur de leurs têtes, ces silhouettes fantomatiques se mouvaient dans un espace sombre et incertain, comme si l'architecture s'était transformée en une matière flexible. Ma raison tentait en vain de s'ajuster pour se fixer sur une réalité compréhensible...

Les deux entités, qui étaient semblables en tout point, parlaient une langue que je ne comprenais pas toujours ; les sons me parvenaient par vagues distor-

Une journée au bord du grand ravin

dues et dilatées, un peu à la façon d'un transistor de l'Ancien Monde :

— Maître Concepteur, il semblerait-rait-rait que la phase 1 soit sur-sur-sur le point de s'achever ! dit l'un des individus en s'adressant à l'autre: « Écoutez, Maître ! Il tente de nous di-di-re quelque chose ! ».

— Où... où suis-je ? Mais... mais qui êtes-vous ? Enlevez-moi ce truc de la tête ! Mes yeux... mes yeux me brû...

— Ne vous inquiétez pas, Ayoub. Tout se passe comme prévu. Le Grand Ordonnateur veille sur vous à présent ! Aujourd'hui est le jour où vous allez naître à nouveau, à méta-nouveau !! répondit, celui qui se faisait appeler Maître.

— Mais qu'avez... qu'avez-vous fait ?!! Où sont mes... ?! Où est ma... *Bip... bip... biiiip !!!*

— Attendez, Maître ! On dirait qu'il se passe quelque chose d'anormal ! La console indique un dysfonctionnement dans la séquence transitoire ! Je... je ne je ne comprends pas ! lança, l'une de ces terrifiantes silhouettes, alors qu'elle était en train de manipuler un étrange commutateur rotatif.

À cet instant, je perçus distinctement les froissements de sa blouse, accompagnés par deux respirations nerveuses, puis le cliquetis insistant et répété d'un bouton ou de quelque chose qu'on actionne.

— Regardez, Maître ! Son formos de mémoire est en train de se transcoder à toute vitesse ! Il résiste ! Je... je n'ai jamais vu ça !

— Allez-y, réessayez en utilisant un autre code! Viiiite !!!

— Oui, Maître Concepteur, tout de suite !

À nouveau, un rythme de marche militaire se mit à résonner et je sentis mon esprit se détacher peu à peu de mon corps...

— Qu'avez-vous fait ?! Qu'avez-vous... qu'avez...

— Hummm ! Oui, il ne se laisse pas faire ! Ces sauvages sans métacervelles sont coriaces ! Ce n'est pas la première fois que je vois ça : ils sont difficiles à convertir ! lança nerveusement le Maître Concepteur tout en émettant un son électronique strident.

— Allez-y, connectez l'implant et démarrez immédiatement la phase 2 !

— Oui, Maître. Je vais relancer la synchronisation

Une journée au bord du grand ravin

et connecter directement son implant au générateur. *Clic-click-clok-dziiit!!!* Voilà, cette fois-ci, c'est fait ! il y est retourné !

Le casque se ralluma dans un flash aveuglant, et je me retrouvai, une nouvelle fois, nez à nez avec la créature, dont les yeux révulsés exhibaient un réseau de veines gélatineuses et écarlates...

Tout à coup, m'agrippant violemment par le bras, elle m'entraîna dans les circonvolutions d'un labyrinthe dont les murs avaient été façonnés avec un mortier macabre d'ossements humains et de sang coagulé. Après quelques instants, elle s'arrêta brusquement au milieu d'un chemin parsemé d'étoffes en lambeaux, m'attrapa par la nuque, et, d'un geste féroce, enfonça ma tête dans un monticule de sable qui ressemblait à une sépulture. Cherchant désespérément à m'extirper de ce piège, je me débattais avec acharnement, mais la créature bloquait tous mes mouvements avec une force surnaturelle, m'obligeant ainsi à garder la tête enfouie sous le sable...

C'est alors qu'elle m'interpella d'une voix synthétique, entrecoupée d'interférences stridentes :

— Ne lutte pas pauvre fou! *Krrrr*...L'issue est inévitable ! *Krrrr*... Regarde ! *Rah ! Ah ! Ah ! Ah !!!*

Là, sous l'effet d'une mystérieuse dispersion sableuse, une brèche électrostatique s'ouvrit brusquement devant moi. Au cœur de cet abîme lumineux et vacillant, qui semblait vouloir m'aspirer, une image floue commençait à se matérialiser...

— Regarde, Ayoub ! N'est-ce pas là ta femme et ton *Krrrr*... fils ?! Non, ne détourne pas le regard !!

Sournoise et attentive à la moindre de mes réactions, cette reine de la mystification semblait prendre un malin plaisir à jouer avec mon désarroi...

— Regarde ta femme à genoux ! Ecoute-là supplier ses bourreaux d'épargner sa vie et celle de votre fils... celle de votre bébé : « Non ! Irḥamūna ! Pitié, noooo! Ayoub !!! Ayouub !!! *Ratata ! Ratatatata !!!* ». Ne lui avais-tu pas promis *Krrrr*... que tu serais de retour pour la naissance de votre fille ?! Aujourd'hui où sont ta femme et ton fils ?! Ils sont morts ! Tu aurais *Krrrr*... dû être là pour les protéger ! Tout est de ta faute ! Tu les as lâchement abandonnés, Ayoub ! Regarde ! Regaaarde, je te dis !!!

Une journée au bord du grand ravin

La chimère, qui commençait à manifester son exaspération face à la résistance inhabituelle que je lui opposais, diminua alors la pression sur ma nuque et finit progressivement par lâcher prise. Puis, elle recula d'un pas, avant de disparaître, subitement emportée par un tourbillon de sable...

Sortant la tête du monticule, épuisé par la lutte acharnée que je venais de mener, je levai les yeux et aperçus un ciel bleu lapis, tacheté par des myriades de petits nuages qui se déplaçaient de façon aléatoire. Puis, comme si le vent avait subitement inversé sa course, ces nuages captivants, d'un blanc immaculé et soyeux, se métamorphosèrent secrètement en de somptueux vols d'oiseaux...

Et tandis que le firmament semblait s'être paré d'un voile émaillé de fragments d'opale, j'entendis au loin, comme un prélude, une mélopée à *mezza voce*. Ce doux murmure, cette voix si singulière, c'était bien celle de ma grand-mère Yanâa qui me parlait dans une langue étrange, un dialecte que je n'avais encore jamais entendu, mais dont je comprenais, pourtant, chaque mot distinctement.

C'est alors qu'une puissante détonation retentit

derrière moi, interrompant brusquement les chuchotements. Je me retournai d'un coup et me retrouvai au milieu d'un décor dantesque...

L'endroit ressemblait à s'y méprendre à l'atelier de raffinage, avec ses réseaux chaotiques de pipelines et ses hautes colonnes de combustion. L'air était lourd de fumée et de chaleur, et la scène semblait s'être figée dans le temps. Une tension étrange s'était installée, comme si l'univers lui-même retenait son souffle. Puis, brisant le silence, une voix déchira l'atmosphère :

— Ayoub, aide-moi ! Ayoub, je t'en supplie, aide-mooooi !! Ayouuuub !! hurla un homme qui apparut soudainement à travers un écran de fumée.

Son visage, calciné et écarlate, ne présentait plus que deux minuscules noyaux d'olives noires en guise d'yeux et la partie saillante de l'os nasal. Avançant vers moi, le tête semblable à un masque mortuaire putréfié, il se mit à me parler d'une voix qui m'était étrangement familière :

— Ayoub, pourquoi ne m'as-tu pas aidé ?! Pourquoi m'as-tu laissé comme ça, agonisant ?! Pour-

Une journée au bord du grand ravin

quoi ?! Regarde-moi... regarde mon visage maintenant ! Regarde-moi, pauvre fou !!! *Ah ! Ah! Ah !*

Au moment où il prononçait ces mots, l'espace commença à se contracter et à s'étirer en prenant la forme d'un immense et profond cratère volcanique. Sous mes pieds, je sentais le sol devenir de plus en plus chaud et comme mouvant. Tout autour de moi n'étaient que sifflements, grognement des entrailles et explosions rocheuses ! Des jets de flammes traversaient l'espace en *agitato*, dessinant des arcs obliques à quelques centimètres au-dessus de ma tête. Des geysers de lave jaillissaient de partout, aussi loin que le regard pouvait porter dans cet air trouble et dense.

Brusquement, un cri d'animal, acéré comme mille aiguillons, résonna violemment en martelant mes tympans. L'espace alentour se transforma à nouveau, telle une pâte à modeler autonome, en un couloir, sans début ni fin, où se croisaient d'autres galeries en angle droit. Chaque embranchement déployait un hyperespace vertigineux composé de corridors plongeant, à toute vitesse et à intervalles réguliers, dans une faille abyssale. Ce couloir uniforme et monotone, similaire à un espace carcéral, était parcouru par une interminable lampe halogène qui diffusait une lumière froide et agressive. La seule "fantaisie" résidait dans des murs jadis beiges, jaunis par le temps, ornés de quelques graffitis obscènes accompagnés par des pseudonymes et des dates. En grattant leurs surfaces à la recherche d'une issue, ils s'écaillèrent en laissant apparaître des fissures semblables à des plaies béantes. À travers elles, on pouvait entrevoir un espace déroutant, dont la meilleure description possible était celle d'un vide total. Cherchant par tous les moyens à me sauver, je me mis à courir aussi vite que possible. Mais plus je tentais de fuir, plus le cri terrifiant de l'animal s'intensifiait...

Poursuivant ma course effrénée, je sentis tout à coup le sol céder sous mes pieds, comme si une force irrésistible m'aspirait vers les entrailles de la Terre, et finis par tomber au fond d'une cavité rocheuse étroite, un lieu empli d'une pénombre profonde et insondable. Nul doute à présent, j'étais bel et bien en enfer !

À cet instant précis, je compris que cet endroit cachait probablement un nouveau piège. Mais, à peine

Une journée au bord du grand ravin

eus-je le temps d'y penser, que je remarquai au loin un point de lumière qui se rapprochait lentement...

À mesure que la lueur progressait, une silhouette complexe et torturée se dessinait peu à peu, jusqu'à ce que je devine, avec hésitation, une forme vaguement féminine. Lorsqu'elle fut tout près, je pus constater avec horreur qu'elle affichait un corps énorme et monstrueux, assemblé par des centaines de mains figées. Certaines semblaient fusionner avec sa chair, épousant ses contours, tandis que d'autres restaient tendues et crispées. Sur sa tête, dont la combinaison des mains évoquait une sorte de heaume médiéval, on pouvait entrevoir un nez, une partie de la bouche et des yeux sombres exorbités et injectés de sang. Elle affichait un regard menaçant, envahi d'une rare fureur, comme si elle s'apprêtait, à tout moment, à bondir sur moi.

C'est alors que les mains de cette chimère, jusque-là figées, s'animèrent soudainement dans une danse saccadée et hypnotique. Malgré l'effroi qui me paralysait, je luttai de toutes mes forces en obligeant mon esprit à se fixer sur quelques souvenirs réconfortants...

Cette aberration, nouvel avatar de la créature, se

pencha ensuite vers moi pour murmurer à mon oreille quelque chose d'incompréhensible, semblant provenir d'un dialecte archaïque aux intonations nasillardes. Puis, progressivement, ces murmures se transformèrent, les mots devenant de plus en plus audibles :

— Regardez, Maître ! Il semble que les choses prennent une tournure inhabituelle ! L'extraction de son formos de mémoire semble s'être brutalement interrompue ! L'écran est resté bloqué à 0,04 RAO ! Mais c'est... c'est impossible ! Que devons-nous faire ?! Devons-nous lancer la dernière phase ? Je ne comprends pas... je ne comprends plus... que devons-nous faire, Maître ?! Maître ?

Les mains gantées du Maître Concepteur se crispèrent. Il resta muet, immobile comme une marionnette qu'on arrête de manipuler. Sa tête commença à émettre des interférences graphiques qui laissaient apparaître des milliers de petites cavités cérébrales. Puis, le petit bouton rouge, caché sous sa blouse au niveau du cœur, cessa un instant d'émettre de la lumière, tandis que j'entendais un bruit semblable à

Une journée au bord du grand ravin

des pulsations cardiaques tambouriner par intermittence : *Tic-tac-toc...Tac-toc...* jusqu'à l'arrêt complet des battements : *Tac-toc...*

Régis Guenerie & Jérémie Dessertine

Mardi 18 septembre 2001
20:57

Toc. Je rouvris brusquement les yeux. De grosses gouttes de sueur ruisselaient sur mon front, tandis que mon souffle commençait à s'accélérer en tentant de comprendre ce qui venait de m'arriver. Que s'était-il passé ? Mon esprit, troublé, semblait emmêlé comme un vieux filet de pêche abandonné... Étais-je devenu un de ces nobles voyageurs célestes, ou simplement le funambule, ivre et moribond, de mes propres délires oniriques ? Je ne saurais le dire...

À ma grande surprise, j'étais dans ma chambre, allongé sur mon lit, et la pièce était vide. Plus aucune silhouette fantomatique, plus de casque non plus. Je n'entendais plus à présent que les crépite-

Une journée au bord du grand ravin

ments d'une machine qui tournait à plein régime. Ma nuque était raide et douloureuse, mais comme ma tête était la seule partie de mon corps encore mobile, je tentai de l'incliner tout doucement afin d'appréhender l'espace qui m'entourait. Au même moment, les crépitements de la machine commencèrent à ralentir en provoquant un son aigu et sourd qui accentua encore plus mes douleurs cervicales. Un bruit apparut alors au loin accompagné d'un écho. C'était à nouveau ce rythme martial qui se rapprochait hâtivement de la pièce...

En penchant la tête vers la droite, tout en la calant contre mon épaule, je pus alors distinguer la silhouette d'une personne qui entrait dans la chambre et s'approchait lentement de moi...

C'était une jeune femme très belle, au look moderne, cheveux blonds platine à la garçonne et tailleur rose et noir très près du corps de chez VERZACHE© , dont le célèbre logo à la tête de Méduse et aux motifs de méandres grecs était imprimé sur toute la surface droite de sa veste. Son visage, fin et harmonieux, était marqué sur le front par une étrange tache de naissance pourpre qu'elle avait tenté de camoufler par une épaisse couche de fond de teint. Elle était accompagnée d'un infirmier à la carrure imposante, qui restait en retrait à l'entrée de la chambre. En s'avançant vers moi, la jeune femme esquissa un léger sourire, qui laissa entrevoir une dent d'un métal rare et étincelant.

— Bonsoir Monsieur Awaleh. Vous souvenez-vous de moi ?

— Non pourquoi ?! Nous sommes censés nous connaître ?!

— Oui, tout à fait. Je suis Madame Roimassol, la nouvelle administratrice de ce foyer. Nous nous sommes vus la semaine dernière lors de la soirée à thème organisée pour les nouveaux résidents. Vous vous rappelez ?

— J'aime pas votre veste ! Et enlevez-moi tous ces trucs-là ! Je suis pas un rat de laboratoire !!!

— Monsieur Awaleh, calmez-vous, calmez-vous... Vooooilà ! C'est mieux comme ça, n'est-ce pas ? dit-elle en détachant délicatement mes sangles.

Puis, tout en inclinant les barres transversales de mon lit, comme pour me signifier que j'étais désormais libre de tous mouvements, elle entama un long

Une journée au bord du grand ravin

sermon :

« Monsieur Awaleh, ces *trucs-là*, comme vous dites, sont malheureusement nécessaires parfois... Toute l'après-midi, et plus encore après la visite du Dr Cawlings et de sa collègue, Mme Dalfreizir, vous avez eu de violentes convulsions et avez fait preuve d'une très grande agressivité, et ce, malgré les puissants calmants que nous vous avons administrés. Croyez-moi, nous ne faisons pas cela par plaisir...

— Rrrrrr ! Ces deux-là, ils ont un pet au casque ! Ils ont voulu me lessiver le cerveau avec leur satanée machine ! En plus, je suis sûr qu'ils travaillent pour... pour le...

— Monsieur Awaleh, tout ceci n'est que le fruit de votre imagination ! La seule machine présente ici, c'est cet électroencéphalogramme que nous avons dû brancher pour surveiller votre activité cérébrale. Soyez un peu raisonnable, pourquoi refusez-vous de prendre votre traitement ? Vous savez pourtant que c'est pour votre bien ! vous le savez n'est-ce pas ?! Vous nous causez énormément de soucis, et notre personnel soignant est complètement désemparé avec vous !

— J'ai demandé qu'on me change ces fichues pilules roses ! Elles me rendent complètement dingue ! *Aaargh !* Mes yeux... mes yeux me brûuulent ! où sont mes gouttes ?! donnez-moi mes... mes gouttes ! *Aaaaargh !!!* où sont-elles ?!!! hurlai-je, en me redressant de mon lit.

— Oui.. oui... je suis au courant, dit-elle en me tendant mon collyre, avant de poursuivre : « Nadine nous a fait remonter l'information tout à l'heure lors de notre réunion, mais la Phéniotiazine est le seul traitement que nous connaissons à ce jour pour soulager ce genre de crises. Monsieur Awaleh, comprenez-le, s'il vous plaît ! Écoutez-moi, tout à l'heure, juste après votre séance avec le Dr Cawlings, je me suis longuement entretenue avec lui. Il m'a parlé de toutes les épreuves douloureuses que vous avez traversées : le traumatisme lié à la mort de votre épouse enceinte et de votre fils lors du saccage de votre village par des troupes de mercenaires ; vos années d'exil difficiles ; et ce terrible accident de travail à la raffinerie. Monsieur Awaleh, nous pensons que vous souffrez d'une forme de dissociation traumatique chronique ».

— Qu'est-ce que c'est ? Je veux comprendre ! Pendant mes précédentes hospitalisations, les

Une journée au bord du grand ravin

conclusions des médecins ont toujours été floues, jamais vraiment cohérentes. Personne n'a réussi à me donner une explication qui tienne la route ! J'ai le droit de comprendre ! Aidez-moi, je vous en supplie !! lançai-je, un long filet de bave coulant sur mon menton.

— Eh bien, voyez-vous, en règle générale, ces troubles provoquent des épisodes de dépersonnalisation. En d'autres termes, c'est une sensation de détachement de soi, comme si votre corps ne vous appartenait plus vraiment. Cela peut entraîner des difficultés, voire même une incapacité, à faire la distinction entre ce qui est réel et ce qui ne l'est pas ainsi que, parfois, une altération des souvenirs ou de certaines informations personnelles. C'est une pathologie qui peut présenter certains symptômes similaires avec la schizophrénie, mais dans votre cas, nous ne sommes pas dans ce même type de diagnostic. Cependant, rassurez-vous, les traitements pour ce type de pathologie progressent rapidement, et de nouvelles molécules très prometteuses sont d'ailleurs actuellement en phase d'essai. Nous ferons tout notre possible pour vous aider, mais cela nécessite votre entière collaboration. Vous savez bien que, ici à Pinel, nous mettons un point d'honneur à prendre soin de nos patients !

— Oui, oui, merci, je connais déjà la chanson...

Monsieur Awaleh, lors de nos dernières réunions avec l'équipe, votre infirmière Nadine, que vous semblez d'ailleurs beaucoup apprécier, nous a dit que vous passiez beaucoup de temps, parfois des heures entières, à dessiner devant la fenêtre de votre chambre... Ce sont des croquis de ce que vous voyez à l'extérieur ? Pourrais-je en voir quelques-uns ? Voyez-vous, je m'intéresse moi aussi beaucoup à l'art...

— Euh... je sais pas... C'est que d'habitude je... je n'aime pas trop... répondis-je, un peu hésitant, tout en sortant un carnet de dessous mon oreiller.

Un peu nerveux, je tournai rapidement les premières pages avant de le tendre à la directrice.

— Bon, d'accord, tenez... Celui-là, je viens juste de le terminer...

Elle me remercia, et s'essayant à côté de moi sur le lit, commença à feuilleter le carnet : croquis de

Une journée au bord du grand ravin

paysages urbains, scènes du quotidien au foyer avec des portraits de Polo et de Nadine, entrecoupés de bâtiments industriels délabrés et de plaines africaines arides, parsemées de carcasses d'animaux et de débris de machines improbables... Ces scènes de vie étaient traversées par des fragments de récits, des symboles géométriques complexes, et des annotations le plus souvent illisibles.

L'infirmier, qui observait discrètement, debout derrière le dos de la directrice, finit, lui aussi, par s'approcher pour regarder de plus près...

Puis, au fil des pages, les croquis changèrent d'ambiances et devinrent beaucoup plus sombres, plus tourmentés... À présent, des images d'une rare violence apparaissaient, esquissées au fusain: femmes, hommes, enfants et vieillards gisant dans des mares de sang, au milieu de gravats. Des scènes de guerre se dessinaient, accompagnées de bombardements et de tirs d'artillerie, où des légions d'hommes armés jusqu'aux dents décimaient tout sur leur passage...

À la vue de ces dessins, la directrice et l'infirmier comprirent alors l'enfer qu'avait dû être ma vie. Ma « folie » se retrouvait tout à coup éclairée sous un jour nouveau...

L'infirmier, qui me faisait un peu penser à mon vieil ami Andreï, ému par les dessins, se mit alors à murmurer, comme s'il se parlait à lui-même: « Oui, c'est bien ce que je pensais. C'est terrible. Mon Dieu, mon Dieu... ».

La directrice, elle aussi visiblement bouleversée, continuait à tourner les pages avec un mélange d'intérêt et de bienveillance. C'est alors qu'un des dessins attira tout particulièrement son attention. Il s'agissait d'un croquis d'une grande précision que j'avais réalisé à l'époque avec un stylo-feutre noir et quelques crayons de couleur. Il représentait une tête monstrueuse, semblable à une gigantesque méduse évanescente, flottant littéralement au-dessus d'un ensemble d'immeubles très bien figurés, en perspective. De cette tête jaillissaient des milliers de câbles électriques qui donnaient l'impression de gesticuler dans un mouvement haché et frénétique...

Arrivant à la fin du carnet, la jeune femme tomba sur une autre page qui la marqua avec tout autant d'intérêt, si ce n'est davantage. C'était un portrait réalisé sur une vieille enveloppe froissée et partiellement déchirée qui datait de mes années d'errance à

Une journée au bord du grand ravin

Marseille.

— Celui-ci est vraiment réussi ! Je le trouve très expressif mais aussi très énigmatique ! Monsieur Awaleh. Qui est ce personnage au centre, avec cette sorte de tatouage sur le crâne ? Est-ce le portrait d'un ami à vous ? me demanda-t-elle, intriguée.

— Non, c'est un... un homme que j'ai... ce sont des... des... *Aaaaaaargh !!*

Brusquement frappé par une violente crise, je sentis une mousse épaisse et âpre déborder de ma bouche, tandis que tout commençait à chavirer autour de moi. Tous mes membres se mirent à trembler violemment et mes muscles se tétanisèrent. Une fois de plus, j'éprouvais cette horrible sensation que je ne contrôlais plus rien...

— Joackim! Il recommence à convulser ! Préparez une injection de 10 mg de Diazépam et rattachez-le avant qu'il ne se blesse ! Viiite !!!

Tentant, dans un ultime effort, d'agripper mon propre corps, qui paraissait fuir sous les tirs en rafale de ces spasmes foudroyants, j'aperçus, l'espace d'un instant, le visage désemparé de l'infirmier flotter au-dessus de moi...

À bout de forces, fermant les yeux pour trouver refuge au plus profond de mon être, je fus aussitôt envahi par une vision semblable à un mirage surgissant des plaines désertiques du Bayouda : ma maison d'enfance à Tadjourah, dévorée par les flammes...

Devant la porte d'entrée, mes parents, Dini et Asma, se tenaient là, debout, le regard inquiet et désarmé, aux côtés de mon fils Hakim, vêtu d'une *jalabiya*[12] blanche, et de ma femme Hasda, portant dans ses bras un nouveau-né.

Je me sentais à présent comme suspendu au seuil du monde, déambulant au bord du grand ravin cosmique, dans ce lieu de passage étroit, à mi-chemin entre l'instant et...

FIN DU PROCESSUS ∎

---

[12] Au Soudan, nom donné à la tenue traditionnelle musulmane portée par les garçons pour la cérémonie de circoncision.